张际星
My Precious

你最珍贵

美味是幸福的奖赏

你若努力活得丰盛美好
便永远不会湮没在人群中

My Precious

张际星 作品

湖南文艺出版社
HUNAN LITERATURE AND ART PUBLISHING HOUSE

博集天卷
CS-BOOKY

图书在版编目（CIP）数据

你最珍贵：美味是幸福的奖赏 / 张际星著. -- 长沙：湖南文艺出版社，2014.11
ISBN 978-7-5404-6909-2

Ⅰ.①你… Ⅱ.①张… Ⅲ.①随笔－作品集－中国－当代 Ⅳ.①I267

中国版本图书馆CIP数据核字(2014)第229681号

上架建议：情感·文学

你最珍贵：美味是幸福的奖赏

著　　者：张际星
出 版 人：刘清华
责任编辑：薛　健　刘诗哲
监　　制：刘　丹　张应娜
特约策划：杜　娟
特约编辑：刘　霁
营销编辑：李　颖
封面设计：WONDERLAND 仙境 QQ:344581934
内文设计：利　锐
插　　画：王瑞娜　温　泽
出版发行：湖南文艺出版社
　　　　　（长沙市雨花区东二环一段508号 邮编：410014）
网　　址：www.hnwy.net
印　　刷：北京尚唐印刷包装有限公司
经　　销：新华书店
开　　本：880mm×1270mm 1/32
字　　数：180千字
印　　张：8.5
版　　次：2014年11月第1版
印　　次：2014年11月第1次印刷
书　　号：ISBN 978-7-5404-6909-2
定　　价：38.00元
　　　　　（若有质量问题，请致电质量监督电话：010-84409925）

目　录
Contents
+

PART 1
我们在哪里走散了
+

001

2

4

Break your heart

open

so new light could get in

∘ ∘ ∘ ∘ ∘

将 心 撕 开 ， 才 能 投 进 光 亮

我们在哪里
走散了

+

不知从何时开始，我的婚姻生活如同被水稀释过的醪糟，寡淡无
味。曾经尝试过很多办法去提升浓度，也试图用"平平淡淡才是
真"这样的大道理来麻醉自己，但努力过后巨大的空虚感更让人
窒息。我们仿佛是走在不同轨道的伴侣，隔着时间，隔着距离，
隔着幸福。

被时间

稀释的幸福

这是我和子楷相识的五年里，他第二次为我下厨。醪糟里放了太多水，酒糟的香味被稀释得很是寡淡，并不浓烈的感情在时间的消磨中早已真假难辨。

外面一直在下雨，从早上起就淅淅沥沥地没有停过，节奏一致，雨量均匀，温温吞吞得好似到了南方的梅雨季。都说春雨贵如油，但我却心不在焉，没有打伞，从家里冲出来后快速地在小区里走着，毫无方向，连雨滴飘在身上也没有察觉。有那么一秒钟，我在想，如果被我撇在家里的那个人追出来，我要如何面对。但骄傲如他又怎么会呢？此刻他一定恨透了我这个婚姻的叛逃者，突然感觉有点冷，我下意识地用双臂环抱住自己。

这阴雨绵绵的清晨的开场白干脆而直接，大幕由我拉开。

"我们离婚吧。"

这句原本难以启齿的话终于从我嘴里说了出来，声音小得几乎只有自己听得见，但足以将眼前的一切摧毁。

我不敢看他，将头转向窗外。

清明的早晨，阴沉灰暗，天空飘着雨花，潮湿的地面泛着水光，临街的餐馆店门紧闭，街上行人寥寥，一切都格外清寒。

这句话像是对我的婚姻生活的一种宣判，而对于突如其来的判决，即使是已经共同生活了三年的子楷，我也想象不出他会有什么样的反应。他显然是惊呆了，紧皱眉头，愤怒而疑惑地死盯着我。

就这样结束了？

我意识到刚才的话一说出口，我们便再没有未来可言了。

想想与子楷一起生活的这三年，很平淡，也算幸福，尤其是在外人看来可以说十分美满，郎才女貌，工作稳定，收入颇丰，聚会、旅行从来不断，算得上是朋友们眼中的模范夫妻。

可是，今天，一切都要结束了！

感觉自己已经走到了悬崖边，对面也许是我想去的，也许不是，我看不清楚。尽管我知道跨不过去便是令人粉身碎骨的万丈深渊，但我还是义无反顾。

沉默的子楷终于出声问我要一个理由。

孩子，是的，孩子。我不愿为他生一个孩子。从去年底，在家人的催促下我们进入了备孕状态，健身、吃叶酸、孕前检查……我以为已经做好了所有的准备。可是当医生建议我进行药物调理最好延迟五个月再怀孕的时候，我竟然长长地舒了一口气。

我是怎么了？

即将30岁，随着新生命的到来，生活也会进入另一种状态。面对这一天天筹谋中的按部就班，我陷入了前所未有的沮丧和恐惧，感觉自己的生命即将随着另一个生命的到来而走向尽头。

子楷很疑惑，他完全无法理解我对现有生活的不满和躲避，他甚至没有发现我已经失眠两个月了。

他当然不知道。

当我因为焦虑而无法入睡坐在窗边独自哭泣时，他早已酣睡如常；当我黑着眼圈给他摆好早餐时，他的眼睛始终没有离开过手机。

在他熟睡的夜晚，我躲在黑暗里无助地盘着佛珠，一遍又一遍，他从未察觉。

我们仿佛是走在不同轨道的伴侣，隔着时间，隔着距离，隔着幸福。

我想，我早已不再爱他。

不知从何时起，我开始假装和敷衍。在别人眼中我们毫无破绽，所以我必须假装甜蜜和快乐；在子楷看来我们的关系平和稳定，彼此看似已经非常熟悉和了解，所以我必须维持他所认为的相濡以沫。假象之下，我的生活早已进入了一条既定轨道，规律而有秩序，还配有自动导航功能，在这条航道上，我盲目前行，不可能改变方向，内心挣扎的自己只能消极地选择麻木和逃避。

然而，就在昨夜，失眠的世界又只剩下了我自己，如同被抛在黑夜码头的弃婴，焦虑和无助在悲伤中将我拖入绝望的深海。我试图抓住些什么，可手里只有一串已经被抚摸得温热的佛珠。神灵，求你帮助我。

我坐在窗边，努力让自己平静下来，一颗一颗的星月菩提自指尖轮转，心中开始祈祷，一遍一遍地念诵……慢慢地，我不再颤抖；慢慢地，我平静下来。

心底的声音清晰而坚定："你想要的是什么？"

我想要什么？我想要什么？

也许我并不清楚想要的是什么，但我确定我不想要现在的生活！

当我卸下了所有的包袱和顾虑，去寻求内心最真实的感受时，那答案已经不言而喻——是的，我想离婚。

看似毫无准备，却已在脑海中排演过无数次，就在这样一个阴雨绵绵的早晨，我做出了决定。

依旧是漫长的沉默，震惊失望的子楷已经有些语无伦次，他检讨自己，他赌咒发誓，他希望能通过毫无理性的认错来挽回我们的婚姻。

我拼命地摇头，说不出一句话。如果说我还有那么一点点愧疚，此刻也已经被他自作聪明的示弱消耗得干干净净。令人窒息的沉默再次包围了我们，客厅里没有暖气也没有开灯，这个灰暗的话题令对峙的我们一时间都千头万绪，却又惜字如金，仿佛谁再多说一句话都会引爆被沉默过分压抑的空气。

我想我们都需要一些时间，于是我再一次选择逃避，夺门而去。临出门时，我看到的是他背对着我，因为疑惑、愤怒、失望而僵直的身体。

也许是这样细雨迷蒙的早晨太过安静，也许是初春的空气里透露出盎然生机，原本漫无目的的我渐渐放缓了脚步，潮湿的空气中，柳树微微吐着黄绿色的嫩芽，玉兰的花苞鼓鼓的，像是随时便会嘭的一声绽放，混杂着新鲜泥草气息的芳香中，我隐约闻到了自由的味道。

父母的责问、朋友的关心和揶揄此刻都在脑中炸开，我这才清醒地意识到，离婚对我来说意味着什么。与子楷的摊牌不过是终结婚姻生活的开场。

　　Julian，我想到了南半球的他。这个我曾经刻骨铭心深爱过的人，我该如何告诉他这突如其来的决定，就在几个月前，我还在电话里向他炫耀着我所谓的"稳稳的幸福"。

　　六年了，我从新西兰飞回北京，放弃了彼此相爱的Julian，放弃了热烈执着的自己。六年里，我像大多数人一样早出晚归地努力工作，我像大多数人一样在适当的年龄谈婚论嫁。六年后，我得到了很多却失去了最重要的。

　　我一直以为不管多么浓烈的爱迟早都会随着时间淡去，所以婚姻里最重要的是两个人相互信任、彼此陪伴。

　　但是，看看现在的我，宁可在雨中选择危机四伏的未来，也不愿继续待在没有爱的婚姻里陷入深不可测的绝望，这不就是Julian最初的担忧吗？不爱那么多，只爱一点点，并不够支撑现实具体的婚姻生活。

　　早春的雨冻得我开始瑟瑟发抖，我想念家里的温暖，哪怕能喝杯热水也好。

仓皇出逃的我会后悔吗?

在未来的某一天,享受着单身自由的我,想起有个人也曾将他的包容和忍让、关怀和牵挂、信任和坦诚交付于我,我的心中会是坦然还是怀念呢?

幸福,我究竟是在远离还是在接近?

天空变得更加阴沉,原本的微微细雨似是要大起来,我无路可逃。

回家去。我叹了口气,立刻明白这是唯一可做的事情。

一进家门,暖洋洋的灯光笼罩了我,房间里弥漫着久违的干净的味道,子楷竟然在厨房里忙活。看见我回来,他像什么都没有发生一样,甚至一脸微笑地端来了一碗红糖醪糟汤。他系着碎花围裙,站在灶台前。

我错愕地看着他忙进忙出,如此温暖贴心的画面对于我来说陌生极了,那是我曾经无数次幻想过却始终没有发生的事情。

望着这碗煮得热气腾腾的醪糟汤,我原本坚定的心顿时乱了,我怀疑自己之前的斩钉截铁、委屈无奈其实是一场赌气的无理取闹。他心里还是有我的,他还是可以变成我想要的样子,也许是我太心急了。

我开始动摇。

轻轻吹开汤面上乳白色的热气，升腾的热气打了个转儿又扑回到我脸上，湿润了我的眼睛。我拿起勺子，尽量控制自己不颤抖，开始一勺一勺地慢慢喝起来。

该怎么回复子楷那句小心翼翼的"好喝吗？"

醪糟里放了太多水，酒糟的香味被稀释得很是寡淡，红糖本身就不是很甜，没有经验的子楷只放了一小勺，一丝糖味都尝不出来。我边喝边想，这碗红糖醪糟汤像极了我和子楷之间的关系，经验不足导致的配比错误，冲淡了期待的味道，又没有足够的辅料调和，一切可有可无。

但我还是强忍着泪水默默地点了点头。

这是我和子楷相识的五年里，他第二次为我下厨。

第一次是在我们刚刚开始交往的时候，他一时心血来潮，做了一盘番茄鸡蛋炒饭，番茄多汁，子楷却刻意加了水，糖和盐少得可怜，同样味道很淡，配上如米粥般的饭粒，更像是一碗加了番茄鸡蛋的稀饭。即使是在热恋阶段，那样的一盘炒饭也无法令我感动。

被水稀释过的醪糟失去了原有的味道，并不浓烈的感情在时间的消磨中早已真假难辨。

不是没有努力过，一同到陌生的国家旅行非但没有拉近彼此的距离，反而在同一片风景下变得形同陌路。我也试图用"平平淡淡才是真"这样的大道理来麻醉自己，但努力过后巨大的空虚感更让人窒息。

突然间，我彻底醒了！

五年前我不能接受他做的番茄鸡蛋炒饭，五年后同样也吃不下他亲手端来的"清水醪糟"。看着碗里仅有的几粒糟米渐渐沉落碗底，与汤水分离，我苦笑了起来，我知道我们终究会回到各自的位置再也无法融合，而所谓的"不舍"在种种不留痕迹的生活细节中也变得微乎其微。我放下退去了热度的碗，没吃完的红糖醪糟汤或许在某个时刻让我产生了窝心的幻觉，但终究改变不了什么。

让心爱的人为你做一碗醪糟汤

○ ○ ○ ○ ○ ○ ○ ○ ○ ○ ○ ○ ○ ○ ○ ○ ○

醪糟是由糯米发酵而成，富含碳水化合物、蛋白质、B族维生素、矿物质等，含有少量的酒精，在2%～3%之间，可以促进血液循环、帮助消化、促进食欲。醪糟有补气、生血、通经、润肺、滋养子宫等功效，很适合备孕、产妇及生理期的女性食用。

好吃的做法有三种：

1. 醪糟鸡蛋。鸡蛋打碎，将蛋液淋入醪糟，放两颗冰糖，煮成蛋花，再放入几颗枸杞子。

2. 红糖醪糟汤。将红糖、红枣、桂花、枸杞放入沸水中，煮五分钟，淋入甜醪糟，再次沸腾即可。

3. 花雕醪糟酒。将红糖、红枣、枸杞子、生姜丝放入花雕酒中加热，沸煮五分钟，再加入醪糟，继续沸煮三分钟，即可。这款醪糟甜酒搭配大闸蟹，堪称绝配。

只是想要

和一人终老

私人厨房里一对不期而遇的客人Jimmy 和Lucy，希望我教他们做中国最家常不过的饺子。一边擀皮一边泪盈于睫，我看到的不仅仅是这对夫妻相互扶持多年的默契，更浮现出了自己心里最原始的期待——与一人终老。可是，并肩携手的画面里，我看到的那个人不是子楷。

　　"方家厨房"（Fangjia Kitchen）是我和子楷结婚后做的一间美食工作室，主要是请相熟的中国大厨教外国人做地道的中国菜，地方选在了雍和宫附近方家胡同的一个大院里。和北京很多被改造得乱七八糟的大杂院不同，这座四合院保存得非常完整，可以清晰地分辨出正院、侧院和后花园的格局，43户人家在这里生活得其乐融融，处处都能够感受到老北京的传统和文化。

　　我的工作室以这条胡同的名字来命名——方家厨房。

　　工作室的两间屋子从装修到布置全是我一人跟进完成。设计家居风格，定做家具，选购杯碟碗筷，制作中英文菜谱，再加上精心挑选的音乐和宣传必备的网站，每一件与工作室相关的小事在我看来都是值得反复考量的大工程。

　　相通的两间屋子并不大，一间开放式的小厨房同时也是可以容纳12个人的教室，外面那间被布置成了小书房。屋门口的老榆树掩映着青瓦红梁，屋内冬暖夏凉，别提多舒服了。我特别喜欢在这里喝茶看书，时间变得安静而缓慢。子楷却并不常来。

　　因为朋友的介绍和推荐，来方家厨房学艺的人渐渐多了起来，三年中竟也攒了不少人气。很多洋人朋友都喜欢带第一次来中国的家人或朋友跑到这里小试身手。

我喜欢在小厨房里遇见世界各地的朋友，听他们带来的各种新鲜事儿，喜欢看见他们第一次拿起中国菜刀时的惊叹表情，喜欢他们爱吃我一早跑到国营粮店买的驴打滚和山楂糕。那么一间小小的厨房为我的世界打开了一扇视野无限广阔的窗。

每次课程结束，我都会仔细记录下学艺人的故事。

在中国工作的美国女孩因为妈妈的肾脏出了问题，想要学一餐无盐的中国私房菜。妈妈吃到女儿苦练后烹饪出的清辣鸡丁和酸甜的双柠鲜虾沙拉时，为女儿的贴心和久违的美食感动得泪流不止。

用中国料理求婚大概只有不太着调的意大利人才会想到。小伙子在女朋友的生日当天摆了一桌精致的素菜：素炒鳝丝、家常豆腐、红烧茄子、蒜蓉西兰花。当然，他主要是负责打下手。所有的努力和巧思全因他的女朋友是个素食主义者。本来我还为小伙子捏着一把汗，没想到目睹了一场完美求婚。

宫保鸡丁是老外们最常挂在嘴边的中国菜，来北京办画展的法国女画家特地抽了半天时间来学，为的就是下个月过生日的先生，据说这是他最爱吃的一道中国菜。

今天，我的预定单上显示的是一对六十多岁的加拿大夫妇，第一次来北京旅游，指定要学包饺子。

　　方家厨房里的家常菜都是我请京城里的厨师朋友来上课，名厨手中各有乾坤，从来不会因为授课对象是外国人就随便糊弄。但饺子课每次都是我亲自来教。

饺子，一定是每个中国北方家庭饭桌上最值得记忆的食物。

　　关于我们家的饺子记忆是每个星期天一大家子人会聚到姥姥家包饺子，大姨切菜，二姨夫绞肉，妈妈和面，姥姥拌馅，爸爸擀皮，大姨夫和小姨包饺子，我和三个表妹坐在一旁看电视。头锅饺子煮出来尝咸淡是我作为长孙女的特权。味道咸香适中，面皮薄而不破，再就着姥姥腌的糖蒜，妈妈凉拌的皮蛋和扒糕，一家人的饺子宴最令人期待。我一直认为姥姥家有世界上最好吃的饺子，是任何顶级餐厅的大厨都包不出的家的味道。

　　在国外念书的时候，最想念的一直都是姥姥家的饺子。在热恋中也试过和Julian分享独特的中国味道，可再怎么努力依旧与姥姥的手艺相去甚远。

　　回国之后，饺子家宴也发生了变化，表妹们随小姨去了上海，上了年纪的姥姥已经没有力气拌馅，大姨和妈妈变成了主力，爸爸依旧帅气

姥姥家的饺子"秘方"

○ ○ ○ ○ ○ ○ ○ ○ ○ ○

1. 从和面开始，面和水的比例要均衡，无须加鸡蛋，达到"三光"的水准才算好。所谓"三光"就是面团表面要光滑，和面的盆要干净，和面的手也要清爽。

2. 将和好的面团用湿布盖住保湿，醒面二十分钟，让空气充分进入面团，面皮的口感就不会发紧。

3. 肉馅最好是八分猪肉、两分鸡里脊，猪肉中一定要有少许肥肉才香。

4. 拌馅最重要的就是在肉馅里面打水，肉和水2:1的比例，将水逐渐倒入肉馅，顺着一个方向搅拌上劲儿，这样拌出来的肉馅才不会发干发柴。再打一个鸡蛋到肉馅里，依然顺着同一个方向搅拌，是为了将水分充分浸润在肉馅里面，煮出来的饺子馅才能形成肉丸儿。然后倒入少许提前煸香的花椒油，是为了再给肉馅"穿一件衣服"，将水分彻底锁住。

5. 将葱姜末、酱油、盐、十三香、香油等调味料放入肉馅搅拌均匀，再放些提前捣碎的海米。

6. 拌馅最后是加蔬菜，韭菜提鲜，白菜把水挤干再用，加入一些熟马蹄碎提升口感。

7. 擀饺子皮，一定要中间厚两边薄，大小适中。

8. 包饺子，通常是一边两个褶儿的元宝形，不露馅是关键。

9. 漂亮的饺子煮着吃，露馅的饺子煎锅贴。

10. 最后，将热油浇在生姜片和干辣椒段上，自制辣椒油搭配糖蒜醋，就着饺子吃才完美。

地和面擀皮，而我跟在大姨夫后面包起了饺子。慢慢地，我发现了自己在外国包饺子屡屡失败的原因，尝试几番后终于掌握了拌馅的精髓。

上课前，学员按照惯例做简单的自我介绍：丈夫叫Jimmy，妻子叫Lucy。

我说："等等，我要为你们找一首歌。"

好朋友梁晓雪的*Jimi and Lucy*。和眼前的这对老夫妻不同，在梁晓雪歌里相遇的Jimi和Lucy在相爱之初从未想过会结婚，因为生活的压力让他们迷茫，失去信心，但是仰望天空时他们始终相信会受到上帝的眷顾，最后他们还是坚定地走在了一起。

因为有过这样迷茫又始终坚持的心情，让我在三年前选择将*Jimi and Lucy*作为我和子楷婚礼的第一支歌。当我们在轻快的歌声中走向彼此的时候，我相信所有的愿望都是美好纯洁的，即使我的心中有过顾虑，有过不甘，但还是期待能因祝福而得到眷顾，因彼此信任而始终陪伴。我对自己说，就像歌里唱的一样，一切都会越来越好，我和子楷也会像Jimi和Lucy那样快乐幸福。然而三年过去了，我曾有过的顾虑没有因为婚姻生活的磨合而消除，反而成了我们之间那道从一开始便无法修补的隔阂。

上帝并没有如我所愿，带我前往我想要的方向。

我想我是努力过的，希望子楷能与我的家人一起说说笑笑地包饺子。他不知道，那对我来说是多么重要的情感纽带。但是事实上子楷每次陪我回娘家，总会推脱说包饺子太难而不愿意站在我的家人中间，只是一个人坐在沙发上玩手机或者看电视，他一直不在我想象的那个画面里。

面对眼前这对恩爱的现实版Jimmy and Lucy，再想到我和子楷现在尴尬的处境，心里更加失落难过，好几次眼泪在不知不觉中涌了上来，我费了好大的力气才忍着不让它掉下来。

原来，我曾经那么想要和你一起白头到老。

看似再家常不过的饺子，整个流程做下来至少需要两个小时，特别是对第一次尝试的外国人来说，非常辛苦。

Jimmy学得很认真，和面、切菜、拌馅、擀皮、包饺子样样不落，还不时问我一些挺难回答的技术问题，显然是要回家开dumpling party（饺子派对）的态度。相反，Lucy显得有些漫不经心，更像是陪先生来玩的，没一会儿就放下了手里的活儿偷偷坐到一边全神贯注地看她的Jimmy忙活，偶尔拿起相机拍照。

"怎么不再继续了？"我问Lucy。

"我累了。"60岁的Lucy懒懒的，摆出一副小女人撒娇的样子，"其实我学这个也没用，反正我在家也从来不做饭的。"

"那洗洗碗吧？很多情侣都是这么分工的。"我建议道。

"也不洗碗，我不喜欢做家务，我只喜欢吃。"Lucy像个小孩子一样吐吐舌头说，"我和Jimmy很互补，我们已经结婚三十多年了，如果我想吃什么，他都会想方设法去学，然后做给我吃。我们在加拿大吃不到正宗的饺子，所以才特意到你这里来上课，他说要回国在家包饺子给我吃。"语气中带着小小的骄傲。

我羡慕不已："Lucy，你真是太幸运了！"

Lucy望着正在学擀皮的Jimmy，一脸幸福的微笑。

这时候，一直忙活没作声的Jimmy突然接话了："No，I am lucky（不，幸运的是我）。能够为Lucy做饭，让她开心，这是我的幸运。"

听到Jimmy的话，忍了许久的眼泪终于被他们的幸福给带了出来。

突然想起方家厨房的第一单生意是朋友介绍的公司年会活动，先教十几个老外包饺子，然后是经典家常菜搭配智利葡萄酒的晚餐。因为刚开张人手不够，我和厨师两个人从上午一直忙活到晚上，一整天连饭都没顾上吃。本想让子楷下班后来帮帮忙，他却在电话里说忙了一天很累，便直接下班回家了。

尽管我也猜到会是这样的回答，但还是心存侥幸，毕竟这是工作室接到的第一单生意，拿到第一笔钱时激动的我实在很想第一时间与我的丈夫分享喜悦。

收工时已近午夜，因为兴奋我把所有的疲惫都抛在脑后。我兴冲冲地往家走，以为已经在家的子楷会为我准备一些吃的，起码也会心疼地问候我这一天的辛苦，称赞他的老婆有多能干。可是到家时，客厅里的灯都黑了，子楷在房间里的呼吸声均匀而深沉。走进厨房，什么食物都没有，他吃剩下的外卖盒子和剩饭丢在垃圾桶里，根本没有我的份！

听到我回来的声音，子楷翻过身，睡眼惺忪地问："今天挣了多少钱？"

"1700块。"我尽量不去想刚刚的冷遇。

"忙活一天就挣这么少啊，那这个工作室以后能赚钱吗？"他嘀咕着转过去继续睡觉。

我甚至来不及解释因为是朋友的介绍，我只收了一半的费用。

不关心我有没有吃饭，不在乎我到底累不累，甚至连半分鼓励也没有。他像一个我完全不认识的陌生人一样冷漠，而我却期望在他那里得到全世界最亲密的温柔。

那一晚，我隐约地意识到也许我和子楷从最初便错牵了对方的手，这份隐隐的担忧也终于在三年时间的磨合中清晰地突显出来，最终把我们推向了相反的方向。

那一首*Jimi and Lucy*我再也没有听过，直到今天找出来放给了我的客人听，真正相亲相爱着的Jimmy和Lucy。

眼前的他们才是我能想到的与爱情相关的最好状态：两个人守着冷暖交织的日子慢慢变老，彼此尊重，互相陪伴。

这原本就是在婚礼上最真挚的誓言——与一人终老。可是如今，执子之手、与子偕老的画面里，我看到的那个人不是子楷。

感情也会

感冒发烧

当你丧失了舒适自在的心情，当你孤独无助时，连一只海胆都会出来捣乱，它不再是稀有珍贵的美味，而是一味刺激你肠胃的猛药。它们与你混乱的情绪在体内相遇，胡作非为，企图合力将你击倒。我这才知道，即使是感情也会感冒发烧。

朋友打电话来，让我帮他的日式料理餐厅试吃并参与挑选重要食材——海胆。

冰鲜海胆刺身在日式料理中是名副其实的高档食材：首先它的保鲜条件非常苛刻，其次运输成本很高。因此北京的海胆价格不菲。很多人接受不了海胆的海腥气，但同时由于它鲜甜多汁的味道、爽滑即化的口感，一直受到众多食客的狂热追捧。

即使是高档日料餐厅，海胆也是限量供应，每位客人仅可享用一只，因此在一般的自助式日式料理餐厅是没有机会见到海胆的真面目的。

可不要小看这只海胆，它的好坏对于评判一家日料餐厅的品质是至关重要的，所以，餐厅老板才会如此兴师动众地因为几只海胆，召集一大帮专业人士过来品鉴。

赶到松本楼的时候，我刚刚做完今天的最后一组拍摄。忙了一整天，几乎没有吃东西，连口热茶还没顾得上喝，四只不同品相的海胆就进到了我空荡荡的胃里，那略带着海水清甜味道的橙黄色膏体，在齿间徘徊，让我瞬间感到欣喜。

紧接着主厨又端来了几款新菜——生鱼片刺身、关西风味烤肉、铁板银鳕鱼、碳烤茄子……一下子，我感到全身的血液都冲到了肠胃，头开始眩晕，胃也跟着微微绞痛起来，从饥肠辘辘到美食充溢肠胃之间没有一点儿过渡，不适感让我悄悄地从食评人的序列中退出，窝在角落里希望疼痛感能得到暂时的缓解。朋友贴心地递给我一杯温水，喝下去感觉好了很多，我强大的胃再一次对我的胡作非为给予了最大的包容和支持。

子楷发信息问我今天是否回家。

我飞快地打了几个字：回去收拾东西飞上海。

我不知道，和子楷这样沉闷窒息的对峙还要持续多久？

本来就不大的空间里，两个已经无法坦诚沟通也再没可能同床共枕的人，彼此只能一直刻意躲避。看到他暂时没有搬家的意思，我愈加想用忙碌来减少面对面的机会。冷战的生活极度缺氧，真想找个理由不回家，哪怕只是一个夜晚也好。

没想到，上海竟成了我的"避难所"。

两个小时的飞行把我带离了北京。从酒店的房间望出去，可以看到深夜依然灯火辉煌的城隍庙，陌生的景色提醒着我：你现在是在上海，终于有一间暂时完全属于自己的房间，不安的情绪已经被丢在了飞机上，你可以自由地呼吸了！

　　位于武康路的Franck Bistort是我此行将要探访的法餐厅，这里曾是法租界，时至今日依然保留着浓郁的法兰西风情，道路两旁精致的法式洋房错落有致，梧桐树郁郁葱葱。Franck Bistort并不大，装饰采取了简单的黑、白、棕三色搭配，座位略显局促，塞得满满的小酒窖和穿梭于餐厅的法籍服务生，让人感觉瞬间穿越到了巴黎的街头。

　　Bistort在法语里是小酒馆的意思，也是法国较为平民化的餐饮形式。一般Bistort面积都不大，整个餐厅有20～30个餐位，每天的餐单会根据厨师的心情而变化。人们下班后来到餐厅吃些简单而美味的食物，喝上几杯好酒，和爱人或朋友吃吃喝喝，聊一个晚上，这就是经典的法国夜生活。

　　和所有的法国小酒馆一样，Franck Bistort的菜单用法文写在黑板上，服务生会为每位客人用中文或英文介绍一遍，然后再给客人留一些点餐时间。

　　奶酪拼盘和鹅肝作为头盘，主菜是经典的羊排。前一晚海胆的冲击并没有让我想太多，毫不犹豫地要了Beef Tartar（鞑靼牛肉）。既然是来试吃，我怎么可能错过Franck Bistort最出名的主菜呢？

　　按照惯例，地道大餐当然要配好酒，香槟开餐必不可少，随后侍酒师又帮我选了一支勃艮第产区的黑皮诺搭配主菜，覆盆子混合着紫罗兰的香气，单宁并不是很重，口感轻柔且丰富，难怪是店里最受女性欢迎的好酒。

主菜上来了。

Beef Tartar一看就是极好的，颜色呈深粉红色，肉质新鲜，旁边搭配刚炸出来的长薯片。一口生牛肉咬下去嫩滑多汁，完全没有肉腥味，夹杂着淡淡的海盐香。为了中和保持生牛肉新鲜度的低温，我将生牛肉抹在烫烫的薯片上，刚出炉的薯片烫得生牛肉稍有变色。后来我才知道这样将生牛肉迅速升温竟然会让生牛肉突然变质，美食瞬间成为毒药。只是那时，我还自得于如此专业的吃法。

可是，我的自以为是又怎么会轻易放过我？刚喝下一小口酒，我的腹中便激起一阵剧烈的疼痛。

忍着痛，我坚持吃完了巧克力塔和微咸的烤冰激凌。

我对自己说，吃完甜品才算完美的一餐。

我不知道自己究竟是怎么撑回酒店的，一打开门便直接冲到厕所，将我认为的完美一餐全部吐了出来。腹中刚感觉稍微轻松了一些，疼痛却很快转移到了头部，全身开始冒冷汗，甚至来不及脱下高跟鞋，我几乎是爬到了床边，一头扎到枕头上，天旋地转。之后我却失眠了。

一个人，在异乡，生病失眠的黑夜里，我知道自己有点儿矫情，我也知道身边没有一个观众，但孤独感还是让我在这一刻脆弱地哭了起来。房间里空调的温度已经很高了，我依旧觉得冷，裹着被子，没有一点儿力气爬起来烧杯热水。我想，我的肠胃可能发炎了。

究竟是哪里出了问题？

如果昨天没有因为贪嘴吃掉四只海胆，而是各品尝一口，也许就不会刺激到我自认为强大的肠胃；如果今晚没有冒险点生牛肉，而是安分地点一份烤春鸡，也许就不会引发肠胃炎；如果我没有贪恋冰凉美味的甜品，而是马上回到酒店，也许我现在至少还有气力去买药烧热水。

也许，当初冷静一些，我和子楷都会有不一样的生活。

我绝望地盯着天花板，没出息地想如果现在子楷在身边该有多好，虽然他笨手笨脚，但起码会下楼给我买药，或者给我倒一杯热水。明明已经有人陪在身边，明明是那么安稳的生活，自己为什么突然就不想要了？想着以后很长的一段时间，都要一个人面对生活，面对种种困难和问题，眼泪更是汹涌地冒出来。

我胆怯了。

我以为自己已经把离婚这件事想得很清楚，我以为离婚后尽是晴空万里、风和日丽，我甚至以为离婚让自己显得很潇洒，像个新时代女性。我所有自私的以为都在这样一个备受煎熬的夜晚土崩瓦解。

以前我很不理解，相恋多年的情侣，在结婚前的最后一刻却毅然选择分手，令人无限惋惜。可当我和子楷走到今天这一步，我才知道自己当初是多么天真和轻率。

其实从认识子楷的第一天起，一直到现在，他几乎没什么变化，同一份工作、同样的习惯、同样的缺点，我甚至怀疑他都没有变老，而如今这些习惯和缺点都成了我们最无法忍受的引起争吵的导火索。

让我想想，我们是怎么开始的？25岁，在饭局上相识后很快恋爱，一口气不停地同居、买房、准备婚事。和大多数人的节奏一样，准备在适当的年纪做适当的事情。

越是临近婚期我越觉得不安，子楷真是我命中注定的另一半吗？为什么我的心里还有那么多质疑和不确定？然而时间容不得我再仔细考虑，况且偶然涌上来的疑问也很快被美丽的婚纱、梦幻的婚礼和亲朋好友的祝福给冲淡了。现在想来，那时的我是多么虚荣，我渴望的那场感天动地的演出早已超出了我对这段感情的尊重。我不再去想什么未来，只愿守着当下的幸福，婚礼之后的蜜月旅行更是令我应接不暇，我已经完全沉浸在新婚的甜蜜中。

　　然而生活总是要回归平淡的，柴米油盐很快填满了我们面对面的空间。渐渐地，各自的缺点不加修饰地暴露出来，我一直在等，也许有一天我们都会更坦然地接受对方。直到结婚三年后讨论要孩子的那一刻，我不得不开始思考未来，不愿做任何改变的子楷，我还能够再忍受三十年或者更久吗?

　　于是我选择了放弃。

　　这个决定对子楷来说又突然又残酷，是我盲目地接受了他而现在却率先反悔，他哪里会想到在看似平静美满的生活中有一天我会决然离开。

　　躺在床上，我试图用回忆来对抗疼痛。作为美食工作者，我一直信奉："活在当下，享受当下。"味蕾的满足始终是最实际最重要的事情。直到今天，当我因为美食一病不起，我才体会到更深层的意义。

　　人不仅仅只是活在当下，而且要为当下的一切行为负责。

正如上一秒钟几只海胆满足了我的口腹之欢，下一秒它们便成为肠胃的负累，这就是冒险任性的代价。

夜，依然漫长而令人倍感煎熬，流过眼泪，身体的痛苦似乎减轻了很多。我不再觉得委屈，也深知理应承受当下的病痛，也许这是对自己的惩罚。

时光倒回遇见子楷的最初，感觉就跟我见到盘子里那四只海胆一样，在外人看来俊男美女的惺惺相惜就如同上好的食物遇到了懂它的美食家，可是谁知道美食家当时的身体状态根本无福消受这人间美味。正如交往初期子楷的某些缺点已经令我失望至极，我却仍心存侥幸，一直期许着在外人看来幸福美满的生活；可是吞下冰鲜海胆的隐患就如同服下一颗毒药，时不时地隐隐发作，直到在生牛肉的催化下毒性爆发，最终击垮了整个身体。

其实最后令我下决心离开子楷的理由依然是最初那些我无法接受的缺点，我这才知道该发生的迟早都会发生。

感情中那些曾令人伤心欲绝的瑕疵，最终一定会成为感情的病痛，并且无药可救。

如何判断海胆的品质？

· · · · · · · · · · ·

　　首先，整只海胆端上来要闻一下有没有臭味，如果是臭的那肯定坏掉了，千万不要打开吃。

　　其次，看一下海胆外壳的刺是否坚硬，如果刺有折断或过长，品质都不会太好。

　　另外，如果海胆没有打开就流出紫红色的血水，那也是不新鲜了。

　　之后，打开海胆，同样要先闻一下有没有臭味，然后再观察肉的颜色。通常，日本的海胆是橙色，俄罗斯的海胆则呈现明亮的柠檬黄色，中国本地的多半是土黄色（品质一般都不太高）。

　　最后，就是品尝了，好的海胆一定会有微甜的海水味道。

一边失去

一边寻找

我一直固执地认为，在平行世界里，会有另外一个我，做着我不敢
做的事情，过着我想过的生活，经历着我幻想的一切遥远而快乐的
事情。为什么我现在还不是另外那一个理想中的自己呢？

一束阳光注入房间。

我本能地用手去挡，可是，阳光还是透过指隙照在了脸上。

昨晚因食物混搭造成的肠胃剧痛在不知不觉的昏睡过后悄悄消失，头虽然还有些沉，筋骨依然酸痛，全身绵软无力，但那梦魇般的疼痛终于不见了，肚子咕噜噜作响，身体舒顺了许多。

我慢慢坐起来，坐在阳光里，感受这一刻的温暖轻缓，长夜终于过去，一个人也终于还是活了过来。

大病初愈，我索性给自己放一天的假。

一直以来都是家、餐厅这样两点一线的生活，我习惯了坐在装修考究的高级餐厅或酒店里对着菜品、对着电脑，有时因为不想回家而故意耗在那里，我想我几乎忘记了这个世界本来的样子。

有多久没有抬头看看天空，虽然北京的雾霾总是逼得人脚步匆匆。有多久没有关注过季节的变化，护城河边的柳树何时抽出第一片嫩芽？有多久没有体会到偶尔在路上错踏上盲道时脚心被硌得麻麻的感觉。我像部机器一样忘了停下来休息，忘了看看自己。

今年的春天来得特别晚，但还是来了。

上海的天空远比北京的要清亮，一片碧蓝里云朵漫游。我漫无目的地走在路上，道路两旁的法国梧桐冒出了嫩绿的枝芽，一幢幢的红墙老洋房更衬得那绿色新鲜诱人。午后的阳光并不刺目，洒在身上暖暖的。经过了昨晚肠胃炎的折磨，现在的我整个人像被掏空了一样，轻飘飘、空荡荡的，不敢再粗暴地对待我的胃，不敢再粗暴地对待我自己。

走过了几个街区，来到一座独栋的两层小洋楼面前，红砖墙，木门窗，四处春意盎然，仿佛一脚踏进了民国庭院。这是一家堆满了各式古董的咖啡馆，铺着绣花桌布的老茶几上摆着旧式的电话、收音机和台灯，靠墙的旧木书架泛着幽幽的光泽，塞满了书和杂志，这里和我熟悉的高级餐厅截然不同，虽有些杂乱但别有一番情调。

有客人沿着吱呀作响的木楼梯往二楼而去，我在一楼找了个靠近落地窗的位置，在旧书的环绕下坐了下来。

一块布朗尼蛋糕，一壶樱花茶，足够安抚我的胃。

伴着樱花茶淡淡的清馥花香，民国家具的老木头里也发酵出阵阵清香。

店里Cat Stevens（凯特·斯蒂文斯）的音乐如泣如诉，从角落中缓缓飘出。

外面时时有路人匆匆经过，偶尔不经意看过来，却不会注意到躲在角落里的我，他们瞥见的是玻璃倒影中的自己，微笑的、忧愁的、面无表情的……

是的，在路人的眼中就像张德芬老师说过的那样：外面没有别人，只有你自己。

每个人眼中的世界从来都不相同，没有哪个人是平凡普通的，也没有哪个人是骄傲独特的，人们有着各自的喜怒哀乐，都曾经历过悲欢离合，穿行在属于自己的世界里。

不知是谁没有看完放在沙发边上的*Eat Pray Love*（中译名《一辈子做女孩》），我多年前读过的一本小说。我早已记不起书里的故事，只隐约记得当时羡慕女主人公周游世界的心情，以至于蜜月旅行特意选择了意大利。

再看到这本书的时候，我却正在结束我的婚姻，没想到已经忘记的开篇里就写到了我与主人公Elizabeth同样经历过的一场改变命运的对话：

"我出了问题。" Elizabeth和她丈夫吵架、哭喊，彼此感到厌倦，遭遇婚姻的破裂。是的，我和子楷放弃沟通，陷入形同陌路的冷战。

"我不想生孩子。" Elizabeth每个月"大姨妈"来的时候都躲在浴室里暗自庆幸。是的，我找着各种各样的借口将"造人"计划一推再推。

"我不想再做这个男人的妻子了。" Elizabeth说不离开他比离开他更难以想象，离开他却比不离开他更不可能。是的，在三年的婚姻里我早已被各种琐事困扰，压抑到透不过气来，彻底失去了方向。

"我不想再待在婚姻中。白天的时候，我拒绝思考这个念头，但是夜幕降临之后，这个念头却如梦魇般折磨着我。好一场灾难。我怎么会如此浑蛋，深陷婚姻，却又决定放弃？"

"等到我对生孩子的感觉就如同去新西兰寻找鲸鱼一样欣喜若狂的时候，我才生孩子。我知道想要一样东西的感觉，我深知渴望的感受。但我感受不到。"

"我和他的眼神犹如难民。我不想毁灭任何事物或人，我只想从后门悄悄溜走，不惹出任何麻烦，毫不停歇地逃到世界的尽头。"

Elizabeth的话，字字锥心。

原来，一直令我羡慕不已的Elizabeth的旅程远没有想象中的美好。她经历了彷徨无措的苦难，甚至比我更糟；她为了找回自己而去探寻世界也并非空穴来风，无病呻吟。这一刻，没有任何人比当下的我更能够感同身受。

我想，我们只是面对失败的婚姻，不知该如何是好。

一口气读完了Elizabeth的故事，我不再关注意大利的美食，也不再渴望她说走就走的勇气。我开始明白其实我遭遇的并非多么令人悲伤，更非独一无二，我不过是需要像Elizabeth那样和自己好好谈谈：有些事情没有对错，试着关闭大脑，用心体会自己渴望的究竟是什么。

我一直固执地认为，在平行世界里，会有另外一个我，做着我不敢做的事情，过着我想过的生活，经历着我幻想的一切遥远而快乐的事情。那个我一定不会整个周末宅在家里睡觉，把逛街当作消遣来打发时间，每天晚上试图在婆婆妈妈的电视剧中找寻生活的真谛。

另外那个我也许是在某个角落，安静地晒着太阳，听着音乐，喝杯下午茶，就像我现在的样子。

为什么我现在还不是另外那一个理想中的自己呢?

如果变成她,我将失去别人眼中幸福稳定的婚姻,失去别人眼中踏实可靠的丈夫,自作自受地失去现在所拥有的一切。而且,我还需要走一段很长很长的路才能找到她,这段路途孤独又寂寞,也不再有昔日的温暖保障,我真的要去经历吗?

我想起电影里Elizabeth那坚定的神情,她说,走吧,前方一定会有更加精彩的旅程。

太多的顾虑和牵绊都是因为害怕失去。我的心一直封闭着,如今,它紧紧守护我的期限已到,它已慢慢敞开,想要走出去。

失去已经握在手里的安稳是我要为自由付出的必然代价,另一个我又怎么会在乎呢?她早就在做着那些我不敢做的事情,一个人,无所不能。也许那才是我无数次幻想的平行世界里海阔天空的生活;也许那时,我才能得到内心渴望的平静和安宁。

黄昏的街灯点亮了落地窗里的倒影,我看见自己的眼睛闪闪发亮,不是因为失去而泛起的泪光,而是涌起的满满信任,信任心中的另一个自己。

外面没有别人，只有你自己

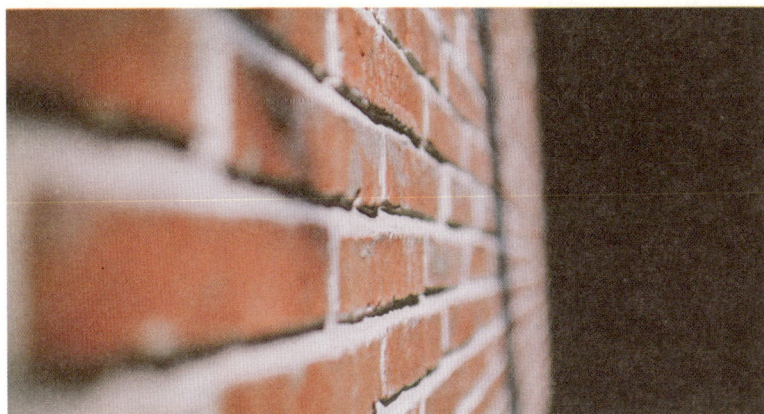

有一种喜悦叫

战战兢兢

我始终小心翼翼地想要保持一名职业美食家的优雅姿态，在一番心虚的惊心动魄后，终于体会到了一种从心底冒出来的略带苦涩的喜悦。

"8½ Otto e Mezzo BOMBANA" 餐厅在亚洲美食圈堪称神话。关于这家餐厅的辉煌，一直被美食家们所津津乐道，亚洲最著名的意餐大厨Chef Umberto Bombana于2010年在中国香港开设了以自己名字命名的餐厅——8½ Otto e Mezzo BOMBANA。开业后，餐厅在2012 年和 2013年连续在《香港澳门米其林指南》中被评为三星，最令人骄傲的是，这也是唯一一家在意大利境外获得米其林三星的意大利餐厅，更是"全球最佳50大餐厅"之一。

2012年，厨神Bombana将8½ Otto e Mezzo BOMBANA 餐厅开到了上海，一跃成为中国内地最受瞩目的顶级餐厅之一。一个星期前，我突然接到上海公关公司的朋友Jeuce的电话，简单了解了我目前的工作状态后，她兴奋地说Bombana先生要在北京开新餐厅了，他们一直在寻找一个合适的媒体人，这个人可能就是你！所以这次来上海除了躲避家中的沉闷空气，最重要的事情就是与8½ Otto e Mezzo BOMBANA餐厅商谈即将在北京开设的新餐厅的合作事宜。

上海的西餐市场非常成熟，整体品质也已经具有世界水准，不少世界名厨都把自己的餐厅开到了上海，米其林二星三星大厨坐镇外滩某餐厅早已稀松平常，这是北京的西餐市场无法企及的。毕竟，当年张爱玲在静安别墅附近的凯司令喝咖啡、吃栗子蛋糕的时候，四九城的爷们儿还都提笼架鸟，喝豆汁、吃焦圈呢。背景不同，饮食文化不同，市场分类自然也就不同。不过，随着上海西餐市场竞争的日趋激烈，接近饱和，更多的世界名厨、顶级餐饮品牌也开始把关注点投向了北京。

厨神Bombana将在北京开餐厅的消息早就在美食圈传开了，这将是北京的第一家真正拥有米其林三星血统的顶级意大利餐厅。

只是，为什么是我？

我的第一份工作，是在餐厅做服务员。

19岁，在新西兰留学的暑假，我闲来无事去打工。福临酒家是惠灵顿最大的中餐馆，大厨老板和老板娘都是中国香港人。可别小看这"端盘子"的工作，看似简单，做好却不容易。对于我这个北方女孩来说，出国前我从来没吃过港式茶点、烧肉烧鸭、牛河肠粉、龙虾鲍鱼、咕噜肉之类的食物，眼前的一切都是陌生的。

第一天上班，老板娘就要我端着一个放着八碟沉甸甸烧鸭的大托盘，在一千多平方米的餐厅里将烧鸭端给每一桌客人，用刚学的英文单词和蹩脚的广东话，挤出近乎做作的笑容，小心翼翼地推荐菜品，这样的动作重复了整整四个小时！

我一直清楚地记得，下班后，两只胳膊因为持续地僵直举盘已经抬不起来，拖着极度疲惫的身体坐在回家的公共汽车上，我的手里攥着日薪20块纽币，面朝车窗，偷偷地抹眼泪。

我不是家境所迫也并非体验生活，这本就是学习的一部分，市场营销永远不可能是从娇滴滴的前台服务员做起。

服务生的工作虽然辛苦，但我对这份工作的投入和喜爱却超出了自己的想象。

不知不觉在福临酒家工作了一年多，我从最初的周末早茶小妹成为餐厅领班。

曾经历过7个服务生（包括我和老板娘）成功照顾了260人喜宴的"不可能"壮举；还有过被当时的新西兰总理海伦·克拉克邀请到她的私人别墅举办国会家宴的荣幸；我能够清楚地叫出大部分来过的客人的名字，报出他们喜爱的食物，甚至记住他们每次来吃饭时偏爱的桌位号。

在新西兰留学时的几份兼职工作都与餐饮有关，见过了西餐厅里举止优雅、衣着光鲜的客人，见过了快餐店短暂停留的活力中学生，见过了加班到深夜疲惫不堪的上班族，也见过了打扫到最后的亚洲服务生（包括我自己）。

曾经，周末四五点的凌晨，我还在Burger King（汉堡王）清洗醉汉们呕吐过的厕所。

曾经，某个寒冷的冬夜，餐厅打烊前，为突然闯进门打输了架的"黑社会大哥"包扎伤口。

曾经，在酒店做值班经理，半夜12点等到最后一位客人入住后才能下班，睡不到4个小时又赶回酒店打6点钟的早班卡，为酒店的客人做早餐，打Morning Call（叫早电话）。

我常常无法回想那些自己曾经乐在其中的辛苦。

在国内的父母和同学们看来，这些都是低人一等的工作，但这所有的经历对我自己来说却是宝贵且独一无二的。接触新的菜系和文化，熟悉新的管理和运营模式，培养与客人相处的习惯，懂得揣摩他们的心思。这些都让我在Marketing（市场营销）的大学专业课上拿到了一次又一次的高分。关于餐饮和酒店的论文、策划文案和演讲答辩，本以为还是有些幼稚的学生意见，后来竟然真的被业主采纳。那一刻的喜悦值得所有的辛苦付出。

大学毕业回国后，我如愿进入了五星级酒店的公关部，从跟进媒体拍照开始，一步步将自己做成了餐饮界的"独立公关人"，更加游刃有余地担任餐厅或餐饮品牌的市场公关顾问。

回想起在福临酒家端盘子的情景，那个瘦小胆怯的女孩从来没想过自己有一天能够成为什么"餐饮酒店品牌传播专家"，她只不过是一个把餐厅当家的人。

可是，随着高端中餐行业的整体下滑，我的事业也在新婚那一年的年初跌到了谷底。有些朋友劝我转行去做旅游或者奢侈品，子楷和家里人则劝我趁机歇下来生孩子，我甚至准备在新西兰大使馆谋一份闲职，为了家人，为孩子的降临做准备。

更多的变化在我提出离婚后直接地显现出来。转行接触新行业，收入将会减半；方家厨房有半是子楷的投资，我无法独自维持，离婚后将面临转让；新西兰大使馆的工作最快也要到下半年才能开始，而且工作地点在上海。

凭我一个人，真的可以养活自己吗？

也许应了那句"情场失意职场得意"，让我无措的婚姻却将我推到了事业的"新高点"。8½ Otto e Mezzo BOMBANA 餐厅向我抛出的橄榄枝，此刻更像是救命稻草。

虽然我在以前的工作中接触过曾在米其林餐厅工作过的大厨，但对真正的国际级大厨亲自经营的米其林三星餐厅的理解和认知还远远不够。

我内心忐忑地如约来到位于上海外滩源的8½ Otto e Mezzo BOMBANA餐厅。

Jeuce将我简单介绍给负责餐厅运营的总经理和市场总监之后，他们便邀我一同体验用餐。我知道，真正的考验就要开始。

帅气的意大利酒吧经理递过来酒单，里面不再是我熟悉的"Mojito""Cosmopolitan""Apple Martini"之类的鸡尾酒，多半是我不认识的意大利文。我有些紧张又必须故作镇定，假装因为酒单太过详细而无从选择。酒吧经理开始跟我寒暄，我向他告知了自己的喜好，比如清新果味、偏甜，可以接受一点苦味，酒精含量略低。之后他根据我的喜好特别调制了一款鸡尾酒。

鸡尾酒的卖相很简单，并没有繁复的水果或鲜花点缀，青苹果的淡绿色清新脱俗，酒味和果味平衡得恰到好处，搭配的小食虽然是很简单的土豆奶酪球、火腿橄榄，却精美得让我不忍下嘴。

看一家餐厅的好坏，开餐小食其实非常重要，它最能体现餐厅对细节的态度。

如果一家餐厅在餐前不提供自制的精美小食而只是用超市买来的花生瓜子代替，那这家餐厅用餐的环境或者菜品口味一定会非常糟糕。相反，哪怕餐前小吃只是餐厅自家腌制的泡菜，如果味道酸甜爽口也能体现餐厅老板的用心，其他菜品的味道一定也不差。

虽然不是第一次在米其林餐厅吃饭，但当我作为合作伙伴而非食客时，我才发现自己对眼前的一切是那么陌生，我差点儿都不会点菜了。

以前作为食客我会任性地只点自己想吃的，甚至有时候会调皮地先吃甜点，要是碰上相熟的大厨就更加简单，直接让大厨安排便好。但当我为这么重量级的合作伙伴第一次体验用餐时，我不得不既要保持品牌PR的优雅，又要不失美食家的专业度。

西餐菜单看似寥寥几页，其实非常复杂：开胃菜、汤、意面、意米、海鲜类、肉类、牛排……看得人眼花缭乱。

"头盘选择鹅肝会不会显得很俗气？但是如果选Caprese（意大利经典番茄水牛奶酪罗勒叶沙拉）又太家常了吧？春天喝汤会不会太热？会不会被他们认为饮食习惯太亚洲了？需要点意面吗？很想吃Spaghetti（意大利面），会不会太普通？而且意面很容易饱。主菜是选海鲜还是牛排？龙虾会不会太土豪啦？牛排吃不完怎么办？其实现在好想看下甜品单，但是不可以哦，太不专业了。"我翻看着菜单，无数内心戏轮番上演，脑中一团乱麻。

再看一眼酒单，更让人头痛，厚厚一本"羊皮卷"，犹如一本百科全书，几乎涵盖了意大利所有产区的葡萄酒，大多都是我从未听说过的酒庄，甚至连葡萄品种都闻所未闻。

灵机一动，我战战兢兢地选择了"Degustation Menu"（品味菜单）。

一般，高级餐厅的主厨会准备一款品味菜单，里面是精心搭配好的经典菜品及酒水，主厨也会根据时令定期更换菜品，主要是为了让第一次到店的客人品尝最能体现餐厅水准的菜品，也为一些食客懒得自己点菜提供便利，是最为安全保险，也不失专业的选择。

五道经典菜品，搭配五款意大利不同产区的葡萄酒。

经常有朋友抱怨说对西餐不了解，既不明白盘子里吃的是些什么，也搞不懂上菜的顺序，觉得吃一道等一会儿再上一道的节奏太慢，一顿饭花费的时间太长，还吃不痛快。

其实，西餐里的很多食材和酱汁我也似懂非懂，但我会把它当作一首歌来聆听，这样就容易理解了。

前菜及面包是歌曲里的前奏，它的味道决定了整套菜单的旋律和主题。

比如，今晚的前菜是"牛油果冰激凌冷汤"，如同民谣风味的前奏里用的是吉他，很简单的一段旋律直撩人心。明确了这一餐的调性，既不是"摇滚"的重口味，也不是"流行"的家常味儿，而是有品位又容易接受的"民谣"。面包的香味如歌手轻声哼唱激发欲望，Prosecco（意大利起泡酒）的口感如钢琴音符般跳跃流动，开始令人浮想联翩。

头盘"腌浸新西兰鳌虾配鱼子酱及柑橘酱"是歌曲的第一段。鳌虾的甜美细腻、柑橘酱的清新酸爽用鱼子酱的鲜咸平衡味道，看来是一首表达爱情萌动期甜蜜美好的小曲，味道层次分明，旋律娓娓道来，搭配如简单吉他和弦的托斯卡纳产区的Chardonnay（霞多丽），自然是相得益彰。

间菜"鹅肝配钵酒果冻、巧克力及无花果"是歌曲的第二段。

鹅肝的口感依然细腻浓郁，巧克力代表爱恋，无花果是夏季的甜蜜，入口融化出一段迷离的情绪，仿佛感受到了亲吻时恋人唇齿间的香气。

搭配皮埃蒙特产区的Pinot Grigio（灰比诺），味道随着鹅肝和巧克

我常常无法回想那些自己曾经乐在其中的辛苦

力的香醇而愈显芬芳，如歌曲第二段的伴奏稍显复杂，情绪持续攀高。

主食（其实说主食并不太准确，意大利餐中此时会上意面或意米）"自制香肠牛肝菌手工意面"。香肠咸香脆嫩，牛肝菌香气扑鼻，手工意面爽滑筋道，仿佛间奏中乐手的solo（独奏），技艺精湛，展现实力，貌似与主旋律稍稍脱离，却异常精彩。此时已经换上了更加醇厚的红酒，经典赤霞珠出自丽斐酒庄，更令人欲罢不能。

主菜是最令人瞩目的菜品，龙虾或牛肉二选一，我选择了"炖牛小排、牛里脊配红酒李子酱、时令蔬菜及土豆泥"，这是8½ Otto e Mezzo BOMBANA餐厅最为著名的菜品之一。两块不同部位的牛肉，牛小排经过慢炖绵软入味，深受亚洲人的喜爱，牛里脊烤炙得香嫩多汁，充分展现了牛肉的鲜美，搭配红酒李子酱提升味道的同时还解腻，是我吃过最棒的牛排。主菜正如一曲好歌的副歌，旋律绝妙，绕梁三日。威尼托托马斯酒庄的红酒因为成熟的樱桃和李子的气息将整首歌曲带入高潮。

甜品"分子提拉米苏"是曾经获奖无数的明星甜品。如今真品尝到这一小块名品真是有些激动，一口下去，口感细腻滑润到令人感动的境界，味道由苦到甜，过渡自然。这是歌曲最后的点题金句，情绪回落却字字钻心。

最后再奉上一杯Mascato微起泡甜酒，用钢琴收尾，整首歌曲干净舒服，令人回味无穷。

一餐下来，我始终小心翼翼地保持一名职业美食家的优雅姿态，在一番心虚的惊心动魄后，终于体会到了一种从心底冒出来的略带苦涩的喜悦。伴着餐后红茶，这座城市迷幻的灯火渐次点燃，照亮了整个外滩。

我推开落地窗想透透酒气，初春的南方夜晚有些潮湿，我的心因为几杯酒又或者是还未退去的紧张和兴奋而怦怦直跳。

我想，上天关上了婚姻的大门，却为我打开了一扇事业的窗。

窗外，正是整个世界。

什么是米其林？

○ ○ ○ ○ ○ ○ ○ ○

　　米其林的全称是《米其林指南》，诞生于1900年巴黎万国博览会。最初，这本红色的餐厅指南只是为了方便使用米其林轮胎的客户查询资讯。

　　1931年，《米其林指南》开始启用三个星级的评定系统，为了维护评鉴的专业和公正，公司派出受过专业训练的评鉴员乔装暗访，而且一年之内要到访两次以上。米其林评鉴的权威性由此建立，至今都被人奉为"美食圣经"，是全球顶级餐厅评定的权威之一。许多大厨一生的梦想都是为自己的餐厅获得一颗米其林的"星星"，而能够获得"三星"的更是凤毛麟角。

　　《米其林指南·香港·澳门 2014》中，只有五家餐厅获得了"三星"的殊荣。

　　《米其林指南》中对星级是这样描述的：

　　三星级餐厅（★★★，Exceptional）：三星级为书中推荐的最高等级，代表"值得专程为之而制订旅行计划，前去品尝的最佳餐厅"。

　　二星级餐厅（★★，Excellent）：代表"即便是绕远路也值得一去的餐厅"。

一星级餐厅（★，Very Good）：代表"在附近有众多餐厅时的优先选择"。

其实《米其林指南》并未出过中国内地版，所以严格意义上讲中国除了香港、澳门地区以外，并没有真正的米其林餐厅。北京和上海的很多餐厅宣传他们有米其林大厨坐镇，其实这些大厨也只不过是曾经在米其林星级餐厅工作过，一旦离开那家餐厅，他们便不再是"米其林大厨"。因为《米其林指南》只评鉴餐厅，对厨师并未有过星级评定。这些大厨曾经在米其林餐厅受过训练，对菜品的认知有可能会达到米其林星级餐厅的水准。但《米其林指南》评鉴餐厅是全方位的，除了菜品，还有服务水准和餐厅的整体氛围，甚至苛刻到连餐厅进门的味道、灯光的舒适度、桌布的颜色、口布的材质等都会被关注到，这些细节不是一两位"米其林大厨"能够完成的。

而拥有米其林三星餐厅的大厨就不同了，通常餐厅都会以大厨的名字来命名，如"Bombana"和"Joel Robuchon"两位大厨，都在香港拥有获得米其林三星的餐厅。他们不仅仅是餐厅的大厨兼老板，更赋予餐厅灵魂，无论是菜品、服务、环境，还是整体理念、发展方向、运营管理，都需要他们过目点头。如果说大厨都是艺术家，餐厅就是他们的作品。所以，即使北京和上海还没有米其林评鉴系统，但是它们的餐厅却拥有"米其林三星血统"，整体水平是和香港的"三星"餐厅一致的，当然也代表了餐饮的最高水平。

成全了自己的
碧海蓝天

+

就这样结束了。眼见着他一点儿一点儿地从两个人的生活中剥
离，我想我们是彼此爱过的，否则我怎么会感觉如此疼痛，连血
带肉的撕扯、刮骨断筋的煎熬。

想起远在新西兰的妈妈Susie曾对我说："要想过得更好，就要从
零开始。"

30岁，青春尚好，一切都还来得及。

为一碗简单的温暖

红了眼眶

有时候，最简单的食物、最初的味道，最能够治愈心灵。无论我走了多远，经历了多少曲折，家人的爱可以轻而易举化解掉一切苦痛。

30岁，像是一道门槛，怀揣希望准备跨越，却多少都带着些不安和恐惧；30岁，人生的轮廓仿佛渐渐清晰起来，却并未遇见曾经憧憬的生活；30岁，有了一些历练，有了一些回忆，面对未来却依然迷茫。

而立之年的朋友似乎都开始步入不同的生活轨迹，经历不同的变化：有人结婚生子回归平淡，有人辞职创业重新开始，有人说走就走，主动冒险。曾经的伙伴们都选择了在30岁的渡口挥手离散。

他们说，现在的我需要的仅仅是一份勇气，一份现在不拿出来便再没有机会使用的勇气。

30岁前，我离婚了。

没有大吵大闹，没有对簿公堂，没有净身出户，我和子楷几乎只用了一天的时间就完成了财产分配的协议。也难怪，结婚三年，我们一直是AA制，就连婚礼的份子钱都平分后再各自存进银行，仿佛就是为了这一天准备好了似的。

民政局办理离婚的手续出乎意料地简单，整个流程只需要二十多分钟。深红色的离婚证递到我们面前时，工作人员再一次郑重地问："你们是否确认离婚？"

那短短的一秒钟，我在心里迟疑了。

即使是从提出离婚那天起，我想自己是为这一天做好了充足准备的，甚至在两个人陷入绝望的冷战时，我自私地盼望着这一天早日到来。可无论怎样心灰意冷，法律上我们也还是夫妻，填表时我依然习惯地在"已婚"项上打钩，身边这个男人依然是我的丈夫、至亲、电话本里的紧急联络人。今天，此刻，一旦签字，按下手印，相伴了五年的亲人自此形同陌路，与我再无任何瓜葛，并将从我的世界中消失。想着想着，我鼻尖一酸，泪水又逼近眼眶。我强忍住眼泪，深吸了一口气，一笔一画地在离婚协议上签好名字，微微颤抖地按下手印。

从民政局出来，一路沉默，就这样结束了。

我很感激子楷将"家"留给我住。他笨拙地收拾属于他的东西，衣服堆在床上，用床单扎成包裹；他拿走了一对马克杯中的一只，用餐巾包得像只粽子；离不开的咖啡机和面包机希望能继续为他做好早餐；而蜜月时在威尼斯买的那对手工面具中的男款也被他随意地扔进了旅行箱。

眼见着他一点儿一点儿地从两个人的生活中剥离，我想我们是彼此爱过的，否则我怎么会感觉如此疼痛，连血带肉的撕扯、刮骨断筋的煎熬。

我心疼曾有过的回忆被我们俩亲手摧毁，我承受不住只想回家，回到爸妈的身边。疲惫的我想看看爱我的每一个人。

爸妈只字不提离婚的事情，只简单询问了我的身体，但恍惚的神情谁也骗不过。我知道他们怕我难过，我知道这个时候他们在我面前那么小心翼翼，只是为了保护我。

还不知道内情的奶奶一见面就拉着我的手问："怎么子楷又没跟你一起回来？"

我挤出笑容推说他工作忙。

奶奶倒是没太在意，还嘱咐我说："子楷这孩子内向，你们俩一起生活要多沟通，有什么不开心的可千万别憋着，别委屈了自己。"

我的眼泪在眼眶里打转，哽咽着不敢出声，只能默默点头。

在奶奶眼中，我一直是最让她放心的长孙女，独自一人去留学，有不错的工作而且事业还在上升期，在适当的年纪结婚成家。家人们应该都在盼望着我按部就班地生育下一代吧。我很难想象，如果奶奶知道了我离婚的消息后会是怎样的反应，我知道她一直期待着四世同堂的美满。

从奶奶家出来，我长舒了口气，再也忍不住坐在路边放声大哭。

曾经一手为家人造的梦，终究碎在了自己手里。

平复心情以后，回到家，妈妈正准备做晚饭，问我晚上想吃什么。

"疙瘩汤。"我不假思索地回答。

我从小敏感且不太听话的胃是妈妈每周一碗的疙瘩汤给养好的，这才让我有"本钱"从事美食工作，有机会遍尝人间美味。

因为留学的影响和工作的关系，西餐早已成了我的日常饮食，即使偶尔在家做饭也多半是简单的意面或者沙拉。家常菜，特别是北方的馒头、面条之类的主食平时几乎见不到，更别提疙瘩汤了。

可是，每次我回家，尤其是心里有了委屈回家的时候，总会本能地想念那一碗妈妈做的香喷喷、热腾腾的疙瘩汤，仿佛只要喝下去，所有的负能量都能瞬间消失。

别看只是一碗再家常不过的疙瘩汤，做好它并不容易。

妈妈戴好围裙，熟练地开始做准备。

西红柿用开水烫过后去皮，切小丁。锅中的油烧热后，用葱末和姜片炝锅，煸出香味后再取出姜片（姜可以驱胃寒，但因为我不爱吃，所以妈妈想出了这个办法）。将西红柿丁倒入锅中炒出红油，加入适量的水继续用中火炖煮，目的是把西红柿的酸味充分地煮出来。面粉要放在一只大碗中，磕一个鸡蛋加少量的水均匀地搅拌进去，将面粉搅成面糊。面糊不能太干或太稀，形成一滴一滴的状态最佳。

为了提升鲜味，妈妈通常还会在汤里放些香菇碎。

准备一只漏勺，将面糊通过压力从漏勺里如水滴般均匀地落入锅中，随着汤花翻滚，凝结成一个个小面疙瘩，在锅中愉悦地跳舞旋转。漏勺很关键，它能保证滴落的疙瘩大小平均，而通常用筷子搅拌直接入锅的疙瘩大小不一，小的容易溶到汤里使汤太过黏稠，而大的就会不容易熟透，生面伤胃。

最后，将一个鸡蛋打成蛋花，淋入锅，同时放入青菜碎，翻煮一分钟后入调味料。出锅前，在锅中撒上小葱碎和香菜碎，淋香油即可。

必须要说的是，疙瘩汤搭配腐乳和橄榄菜是我妈妈的撒手锏，味道绝佳。

看似简单的一碗疙瘩汤竟有这么多繁杂细致的步骤。直到今天，当我第一次完整地看过妈妈烹饪疙瘩汤后，才真切体会到她在处理每一样食材的细节中都饱含着对我的爱。西红柿细心去皮，油煸姜片一个不漏地捞出，漏勺做疙瘩，也只有妈妈能如此细致有耐心地对付当年那个娇气挑剔的小孩。难怪妈妈做的疙瘩汤比任何餐厅的都好吃，因为那最初就是为我量身打造的味道。

　　妈妈将一碗五颜六色的疙瘩汤端到我面前，开心地看我拿起勺子吃起来。西红柿的酸甜、鸡蛋的滑嫩、香菇的浓鲜、青菜的爽脆、香菜的馥郁，还有面疙瘩的筋道有味，从舌尖滑落到胃里，温暖踏实地抚慰着我的身心。这碗疙瘩汤，浓浓的全是家人对我的爱，这是任何山珍海味都无法比拟也无法替代的最单纯而浓郁的美味。

　　有时候，最简单的食物、最初的味道，最能够治愈心灵。无论我走了多远，经历了多少曲折，家人的爱可以轻而易举化解掉一切苦痛。

所有人，都可以随时回到原点，重新来过。

　　我知道，我已回到了最安全的港湾，我已躲开了最不愿面对的一切。再没有人能给我如此强大而沉默的支持，他们不多说一句，只是为我端来我最爱吃的食物，用他们所能理解并擅长的方式安慰我。我努力地笑，我真心地笑，因为我知道这是他们最想看到的我的样子。

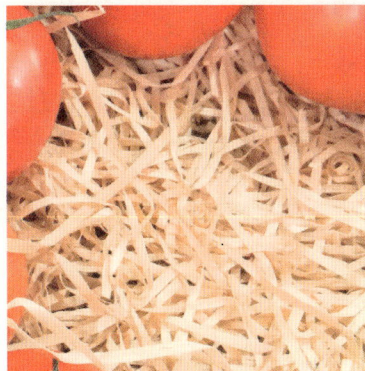

妈妈亲手做的一碗疙瘩汤

主料：面粉、鸡蛋、清水。

辅料：西红柿、香菇、青菜、葱、姜、香菜、盐、鸡精、香油等。

步骤：

1. 面粉中磕入一个鸡蛋，加适量的水。用打蛋器将面粉搅拌成不要太干也不要太稀的面糊。面糊形成一滴一滴的状态最佳。

2. 把辅料切配整理好。西红柿、香菇切丁，葱和香菜切碎。

3. 锅中的油烧热后，用葱末和姜片炝锅，放入西红柿丁、香菇丁等。放入适量水烧开。

4. 用一只漏勺将面糊通过压力从漏勺里如水滴般均匀地落入锅中。

5. 出锅前，用适量盐和鸡精调味，撒上葱碎和香菜碎，淋香油即可。

6. 疙瘩汤配腐乳和橄榄菜是妈妈的撒手锏，味道绝佳。

1. 在面粉中磕入一个鸡蛋，加适量的水。

2. 锅中的油烧热，炝锅，放入水烧开。

3. 用漏勺将面糊均匀地漏入锅中。

4. 完美出锅。

从假装单身到

再见自由

从什么时候开始的呢？两颗心分道扬镳。也许是在浪漫的罗马，也许是在一天去了两次的圣彼得大教堂。

原来，旅行并没有拉近彼此，反而让我们越走越远。一对恋人看似甜蜜地手挽手出游，实则两个人眼中的风景已经全然不同。

从父母家回来后，子楷已经搬离。坐在沙发前看着有些凌乱的书架、茶几和餐桌，还有照片墙上满目的笑脸与拥抱，我想我们都已经尽力，为了毫无预期的幸福，为了以为可以掌握的幸福，走到必然的分岔路口。

从什么时候开始的呢？两颗心分道扬镳。也许是在浪漫的罗马，也许是在一天去了两次的圣彼得大教堂。

谁会在一天内去两次梵蒂冈的圣彼得大教堂？

我。

蜜月的最后一天，我和子楷回到罗马，入住的梵蒂冈附近的酒店房间能清楚地看到圣彼得大教堂。

一大早，我和子楷便来到梵蒂冈广场准备参观圣彼得大教堂，这也是我们蜜月旅行的最后一站。圣彼得大教堂由米开朗琪罗等设计，是天主教徒的朝圣之地，梵蒂冈的中心，罗马教宗的教廷，世界五大教堂之首。

广场上云集了世界各地的游客，都在排队等待进入教堂参观，长长的队伍在整个梵蒂冈广场上勾勒出一个大大的圆。漫长的等待有种朝圣的仪式感，这才彰显出教堂的神圣和魅力吧。我和子楷排在队尾，眼巴巴地望着前方看不到尽头的长龙。

子楷显然没有这份闲情和耐心，等待了十分钟后，队伍似乎没有明显的前进迹象，他终于沉不住气决定放弃，说了一句"不想看了"转身就走。也许他以为我会跑着跟上他，但是我没有。我既没有叫住他也没有追上去，我只是看着他有些气急败坏的背影一点点消失，甚至没有回头看看我。我知道他昨晚买了24小时的无线网络服务，从早晨起来手机就没离开过他的右手，他一定是回酒店上网去了。

对子楷来说，在酒店房间里躺着上网比排队参观圣彼得大教堂舒服划算得多。

都说旅行是检验情侣是否合拍的最佳方法，15天的朝夕相处下来，我和子楷都耗尽了彼此所有的耐心。

子楷离开时在匆忙中带走了背包，里面装着相机、手机、护照、钱包、防晒霜和水壶，留下来的我两手空空，只随身带了些现金，我却并没有不安和焦虑，反而整个人轻松了许多。

且让我先享受假装单身的罗马假日吧！

20分钟后我顺利地进入教堂，排队的时间远没有想象中那么长。

让我用数字来说说眼前这座宏伟的教堂吧，45.4米高的廊柱和穹顶，长达211米的纵深，同时可容纳近6万人在教堂里朝圣。我觉得自己是如此渺小。

因为没有相机也省去了拍照来分散精力，我可以把注意力全部都投注在教堂里的传世瑰宝上。

当我站在举世闻名的《圣殇》面前凝视着马利亚，我仿佛也感受到了她失去耶稣的悲伤。庄严肃穆、雕琢精湛的青铜华盖前，我面向那99盏长明灯和圣彼得的墓地注目祈福。教堂尽头摆放着传说中光芒万丈的教皇镀金青铜宝座，想象着圣斗士攻入第十二宫参拜教皇时的无上荣耀。

从教堂出来，我特意找到了梵蒂冈邮局寄明信片。据说这是世界上最小的邮局，只有一间门脸。现在想来，那时的我给家人、给朋友、给Julian都寄出了祝福，却忘记给自己写一段话。

如果时光可以倒回，我一定会在那时勇敢地叮嘱未来的自己要努力幸福，哪怕只是孤身一人。

原来，不仅仅是旅行时我才假装过单身

放慢脚步，我在广场附近闲逛。古董店里漂亮的玉石耳环俘获了我的心，Napoli（那不勒斯）的民谣CD让我在一家音像店里耽搁了不少时间。坐在广场上吃着开心果口味的Gelato（意大利最知名的冰激凌），听着店里飘出来的意大利歌曲，时间似乎在教堂屋顶的十二门徒雕像前被施了魔法，一切都缓慢下来，一切都停留下来。

这样才是罗马，这样才是意大利，这样才是我想要的旅行。

临近正午，马上就到酒店check out（退房）的时间了，加上我身上的现金也所剩无几，只好不情不愿地往回走。

回酒店的路上，我用最后一点儿钱在路边摊买了一块帕尔玛火腿配无花果比萨，味道出奇地好。

我一边吃着比萨一边走进房间，子楷还没有开始收拾行李。我放下手中的比萨并没有多说什么，利索地按照出发时我整理行李的习惯开始打包装箱。子楷终于放下手机，有点儿无措地看看我，看看剩下的半个比萨，看看散落了一桌的杂物。

我说："你还没吃饭吧？先吃吧。"

他兴高采烈地拿起比萨，一边吃一边竟然饶有兴致地问起我刚刚的见闻。因为那个孤单的上午过得实在愉快，我原本的微微愠怒也都咽了回去。

也许是我对梵蒂冈的描述太过惟妙惟肖，在去机场前的两个小时，子楷竟然缠着我要求再去一次梵蒂冈，以帮我补拍照片为名。虽然有点儿累，虽然我也看出了子楷的心思，但我并没有揭穿而是好脾气地陪他又排了一次圣彼得大教堂前的长队。

这一次，照片里的我笑得很是勉强。

没想到，这半天假装单身的旅行竟是我蜜月旅行中最开心的经历。

我坐在地板上，呆呆地望着家里的照片墙。

子楷搬走了，突如其来的宁静让我有些回不过神。照片墙上留着我和子楷一起旅行的记录。一起走过了那么多地方，为什么回想起来感觉每段路都像是我的单身旅行？我独自看风景，独自品尝美食，不仅仅是一个人在梵蒂冈广场上听着CD，还有更多更多独处的时光。

在普罗旺斯的小火车上，我假装一个人，望着窗外绚丽的南法乡村风光，满心期待地去探寻漫山遍野梦幻般的紫色薰衣草田。

在开普敦的酒店里，我假装一个人，面朝大西洋独自欣赏壮丽的海上日落。

在皇家加勒比游轮上，我假装一个人，躲在图书馆读书，偷享着早晨的清静时光。

原来，旅行并没有拉近彼此，反而让我们越走越远。一对恋人看似甜蜜地手挽手出游，实则两个人眼中的风景已经全然不同。

刚进家门的时候，家里空荡荡的衣柜、书架和储物架仿佛被洗劫过一般，地上散落着子楷没拿走或者打算丢掉的各种小物件，而分居时他睡的沙发上，枕头、床单依旧摊开，乱成一团。

这个家也许早已被掏空。

本以为，看到人去楼空时我一定会大哭一场，但是我没有。当我看着这一张张他没有带走的曾经属于我们俩的照片时，我才明白从一开始我们注定要走的方向就不同，而我也愈加明白此刻自由的可贵。

没有眼泪，没有唏嘘，没有怀念，我比想象中更加决断，更加坚强。

仅仅用了三天的时间，我将家中的空白再次填满，按照很久很久以前自己想象的样子：衣柜里挂上了曾经被压出褶皱的裙子；换了新床单，是我喜欢的薰衣草紫和蒂芙尼蓝；重新拿出长久不用的烤箱和酸奶机，放回灶台；餐桌擦干净后，铺上了青草色的桌布；把花瓶找了出来，插上淡粉色的康乃馨，从此家中不可一日无花；扔掉了卫生间里所有的男士用品；最后，将CD架上所有的韩剧和港片DVD、游戏光盘打包装好，准备寄给子楷，现在这架子上只能摆放我的压箱底多年的电影和音乐。

原来，不仅仅是旅行时我才假装过单身。

每次子楷出差后我都特别享受独自一人的夜晚。拉上窗帘，点上蜡烛，倒一杯红酒，看一部电影再早早入睡，像回到了自在的学生时代。

终于，我不需要再假装了。

当然，我也不是不担心一个人的生活。

回国以后，我并没有真正单独一个人生活过，在我身上还保留着很多新西兰人"纯朴"的"乡下"气质，我没有QQ，没有网上银行，不会用支付宝，几乎不在网上购物，排斥一切高科技的产物。

子楷走后，我第一次尝试买电、买煤气，第一次交物业费和电话费，第一次找工人清洁空调和维修卫生间漏水的吊顶，第一次自己修电脑换网线，第一次自己清理水龙头和下水道，第一次自己疏通堵塞的马桶……曾经我因为这些家务琐事被子楷料理得很好而愧疚和担忧，曾经也因为了解他的付出而想要就此妥协，但在柴米油盐之外的生活是不是还会存在其他更丰富的画面？虽然现在的我还看不清楚，但正在努力地去规划和渲染，幸运的是我一个人也可以做得很好。

短短几周的时间，所有的一切仿佛脱胎换骨，崭新的家，崭新的生活，崭新的自己。

然而，离婚后那些现实而具体的问题还是接踵而至。

子楷突然打电话给我，不是问我一个人过得好不好，而是商量如何处理我们的共同财产——我现在居住的房子。

房子是我和子楷的共同财产，两个人各持有50%的房屋产权，虽然现在子楷很慷慨地让给我暂时居住，但打算创业的他希望属于他的产权能尽快折现。

我不想再靠父母从子楷手中买回已经飞涨了数倍的另外50%的房子，也不想回到租房的日子。更何况我刚刚用心让房子焕然一新。

我知道，卖房子在所难免，这是最好的解决办法，尽管我不愿意。但即使卖掉了房子还清贷款，再将当年房子的首付款还给爸妈，我所剩下的钱也只够付一年的房租和搬家的开销，这意味着我将从有房有车变得一无所有。

我该怎么办呢?

这一刻的窘困有些似曾相识，我想起了Susie，我的新西兰妈妈。

Susie是我认识的第一个新西兰人，第一个教我烤蛋糕的人，第一个告诉我性爱美妙的人。

我19岁时来到新西兰，第一天就被学校安排住进了Susie家。她是地道的惠灵顿人，五十多岁，一头短发，衣着讲究，看上去很时尚的模样。Susie的家是一栋两层楼的别墅，有一个大花园，花园的一条小径通向门口，小径两旁种满了薰衣草，一看便知家境殷实。

Susie家只有她自己，养着一条金色拉布拉多和一只老猫。后来，我才知道，她那时候刚刚离婚，结束了23年的婚姻。Susie和丈夫一起离开新西兰在日本、新加坡、中国香港、英国等地漂泊多年，共同养育了三个孩子，最后丈夫竟然抛弃了她，娶了一个比他们的大儿子还小一岁的泰国女孩。

以前因为要支持丈夫的事业，Susie随着丈夫搬了很多国家，除了做家庭主妇照顾小孩之外，她只是偶尔做英文老师，或者做家庭厨师补贴家用，自己没有一技之长。孩子们成年后都去英国发展了，她回到惠灵顿谋了一份闲职打发时间，本想再过几年便可以轻松退休，却没想到丈夫在柬埔寨工作的一年给她的生活带来了翻天覆地的变化。

离婚之后，Susie承受着巨大的压力，她每月除了还房贷之外，还要支付给前夫一定的房屋补贴，而她的收入根本支撑不了这些高昂的债务。Susie是个很有品位的人，她绝对不会搬去狭小脏乱的廉价街区，她每天都要喝葡萄酒，她周末依然要坐在花园的草坪上喝茶、晒太阳、看书。为了能够维持正常的生活，便有了我的到来，每个月600块纽币的房租也算是一笔不小的收入。

Susie对我很好，当女儿一样照顾。每天放学回到家，我都会给她打下手，边做晚饭边聊天。曾经在新加坡做私房菜的她厨艺很棒，无论是简单的Omelette（法式鸡蛋饼）、金枪鱼沙拉、烤香肠配薯泥，还是高难度的烤火鸡、煎羊排、意式茄子塔，她都能做出大厨的水准。我对西餐的基本认知，应该就是从Susie家开始的。

Susie很乐观，她说以前喝的葡萄酒比现在喝的要贵很多，不过每天还能喝上一杯就挺好，其实超市便宜的葡萄酒也不错，但以后还是会

成全了自己的碧海蓝天

喝上更好的。Susie很坚强，刚离婚的时候，她试图自杀，安眠药都买好了，可最终还是没有勇气，自己过得更好需要付出的代价比死亡少太多。Susie重新开始工作，高收入随之而来的是频繁出差，对于已经五十多岁的她来说很是辛苦。Susie很大度，小女儿回家过生日，她很热情地邀请了前夫和他太太来，只为女儿能够快乐。

更令人意想不到的是，58岁的Susie决心创业了！

她卖掉了自己钟爱的大花园，不但还清了欠前夫的房屋补贴和部分贷款，还留下一部分买了新车，租了办公室，做起了Quenovic（新西兰本地的房产中介连锁公司）。

她说，要想过得更好，就要从零开始。

我在Susie家住了一年多，后来为了方便去市区的大学和打工的餐厅，才从她山上的家里搬出来。

虽然离开了Susie家，每个月我都会回去看她，就像搬出去住的女儿一样，她总说我是她家的老四。随着事业的逐渐稳固，Susie的生活变得越来越好，在新西兰的最后一周，我又回到Susie家借住。那时候，她已经是拥有十几个员工的老板了，新交的男朋友比她小七岁，对Susie疼爱照顾有加。从前的花园洋房被买家盖成了三层楼的别墅，恋旧的Susie将房子买回重新粉刷，她依旧住在原来的地方，只是房屋更加簇新可人，家具是价值不菲的设计师作品，酒柜里也摆满她以前钟爱的好酒。

从零开始过得更好，她真的做到了。

想着Susie的故事，我拨通了她的电话，亲耳又听到她清楚地对我说："要想过得更好，就要从头开始。"

是的，获得自由，过想要的生活，是要付出代价的，我心甘情愿承担这后果。

她所说的字字句句让我不再恐惧跟随自由而来的种种未知的变化，我给子楷回复了信息："同意卖房。"

一切归零，重新开始。

30岁，青春尚好，一切都还来得及。

越投入

越孤独

这根本不是我想要追求的那个快乐的自己。当我太过沉迷于某一件事的时候，反而忘记了最初做它的理由。我迷恋上的也许只是纵身投入其中的感觉。

我经常被问到这样一个问题：你到底是做什么的？

经常穿梭于不同的高级餐厅，邀请不同的人来吃吃喝喝，天下竟然有这么好的工作？

其实，并没有看起来那么简单。

餐饮品牌公关，顾名思义就是餐厅的"经纪人"。

数量庞大的"艺人"有着不同的外表和性格、不同的背景和出身、不同的特长和才艺，经纪人的工作就是将他们最与众不同的优点和特质挖掘出来，通过分析艺人的"粉丝"喜好，选择正确有效的媒介及其他传播途径将艺人们推向公众，让公众熟悉并认可他们。不仅如此，经纪人还要为艺人们制订长期的发展规划，洽谈艺人参与其他行业的跨界合作，时刻保持艺人的新鲜感和适当的曝光率，现代艺人的经纪人营销公关手段大家并不陌生，时不时便会有重磅猛料轰炸眼球。

相较于艺人经纪，餐厅公关的工作更加烦琐和复杂。

委托我做品牌营销的餐厅，就是我带的"艺人"。餐厅的装修风格和菜系就是它的外表和性格，餐厅的品牌故事牵引出它的背景出身，招牌菜和大厨是才艺特长也是招牌。餐厅的开业活动是"艺人"的首次亮相，第一炮当然要打得响；请媒体来试餐等于作品首发或者电影点映；大厨的新菜单推广会作为每一季的常规通告宣传；危机公关？那真是时时刻刻都在准备的"战斗"，因为你不知道顾客会在什么时候提出质疑和要求，而你要做的只有微笑解答并令他们满意。

从来都不轻松。

名厨Bombana在北京的新餐厅如期开业了——Opera Bombana。

Opera Bombana携着明星大厨和米其林三星血统横空出世，几场大活动做下来，很快便成为京城美食、媒体、时尚、金融圈热议的新晋顶级餐厅。作为"一线艺人"的经纪人，我格外重视这难得的合作机会，丝毫不敢懈怠。开业阶段每天都在餐厅里处理各项工作：新闻稿的梳理和发布、组织媒体活动、安排大厨采访……所有事务事无巨细，亲力亲为。

作为一名"餐厅狂热分子"，我对餐厅和美食的热爱完全超出了自己的职业范围。我一直觉得跟餐厅合作更像是谈恋爱。首先，我要认可和接纳这样一个人；随后试图了解他的一切，包括所有优点和缺点；熟悉他的作息和喜好；对他照顾宠爱，热烈且持续。成为出色的餐厅"经纪人"要付出的远远不只这些，除了必需的相关专业技能，还要学会灵活得体地沟通，拥有庞大的人脉资源，投入超乎常人的工作时间和心力更是不在话下。

幸福的是，这一次我的"恋爱对象"是拥有米其林三星高贵血统的顶级意大利餐厅。

密集而高强度的开业工作，使我跟Opera很快建立起了亲密的"恋人"关系，我可以熟练地说出餐厅里任何一道菜品的特色、口感乃至价格，叫得出所有工作人员的名字，每位高管的国籍、经历、特长也早已熟记于心，我已经不折不扣地成为Opera的头号"粉丝"，深深地爱恋着餐厅的一切。

Opera Bombana餐厅的灵魂人物当然是世界名厨Bombana先生，虽然他常驻香港，但他会定期到北京停留，他常说："凡事只要用'心'做，一定会做到最好。"

在Bombana先生看来，烹饪是一件很快乐单纯的事情，他愿意为任何人烹饪，无论高低贵贱，只要食客们喜欢吃他做的菜，这就是他最开心的事情。所有食材都有生命力，厨师的职责就是要将这些食材最好的香气、最棒的味道、最美的姿态，通过菜品的承载充分表达出来。

成为米其林三星大厨是世界上所有厨师的梦想，但并不是Bombana先生的终极目标，他说如果守着现有的成绩，很快就会失去目标，丧失斗志，退步在所难免。所以，他的下一个目标是进入世界大厨的前十名。

　　每次从香港飞来北京，Bombana先生一下飞机就直接赶到Opera亲自招呼客人，然后再去其他顶级餐厅体验试餐。北京Opera的新食材均是Bombana先生特意从世界各个原产地搜罗回来的：新西兰鳌虾、意大利白芦笋、澳大利亚和牛、帕尔马窖藏火腿……他希望能不断地为北京的食客们带来惊喜。有时，我实在佩服已经五十多岁的明星大厨，我为他安排的密集活动强度大得连年轻人可能都会吃不消，但他从未向我抱怨过行程太满。当我提出是否要减去某项活动时，他都微笑地说没关系。

　　在Opera，我不仅见识到了Bombana先生专注的工作态度，更是让我对顶级餐饮的了解和认知有了飞速的成长和提升。

　　以前我一直认为顶级西餐是那么哗众取宠，一个大白盘里只装那么一点点食物，装腔作势！可是，当我真正了解到这些食材的优良出处和大厨的巧妙心思后，才知道自己从前的认识是多么肤浅和自以为是。

　　让我来说说一道简单的鹅肝究竟有多么不简单。

　　鹅肝基本上有两种吃法：热鹅肝和冻鹅肝批。热鹅肝用油煎过，外焦里嫩，法餐通常搭配苹果、红酒或者无花果，酸甜果味最能衬托出鹅肝的浓香；冻鹅肝批是女士的偏爱，冰清微甜，入口即化，用日本清酒腌浸是常见的做法。而Opera Bombana的鹅肝是两吃，热鹅肝和冻鹅肝批在同一个盘子里。大厨希望食客一次可以品尝到鹅肝的两种不同形态。

鹅肝是法餐经典食材，为了表现意大利菜的特点，热鹅肝用澳大利亚塔斯马尼亚蜂蜜煎制，上面还放了西西里的柠檬丝解腻；冻鹅肝批则加了地中海风味的橄榄碎，最惊艳的是鹅肝批里面还放入了瑞士巧克力，每一口都是惊喜！试想一下，法国、澳大利亚、意大利南部、希腊、瑞士这么多地方最好的食材同时集中在自己面前的盘子里，是多么荣幸的一件事啊！

当然，既然是"谈恋爱"，感情自然是相互的。

短短几个月下来，我和Opera Bombana团队成为好朋友，大家配合顺畅，互动默契。

为了配合推广，我经常会邀请媒体和美食家来试餐，有时候连续几天都要吃一模一样的菜，Opera的伙伴们会默契地将我盘子里的主菜从相同的牛排换成鳕鱼。甚至我在生理期的时候，他们会贴心地将头盘冰凉的沙拉帮我换成暖暖的南瓜汤。当我有时吃到一半起身离座后，他们会悄悄撤下我位置上已经凉掉的盘子。

我彻底被这个"新男朋友"宠坏了，味蕾也随之变得更加敏感而挑剔。一口辨认出龙虾的出产地，嗅一下香气便知道是否是天然酵母发酵的面包，葡萄酒的品种和搭配更是我每天必练的功课。

我乐此不疲地将时间和精力都投入到这里，累到不愿起身的时候，我问自己，是不是太想要在离婚后尽快给自己一份稳定的生活呢？

我的选择已尘埃落定，我的未来却还紧握在我的手中，不敢摊开。

所幸，我的努力没有白费，伴随着Opera Bombana的品牌口碑和经营状况渐入佳境，我也迎来了事业的新高点。很多餐厅品牌慕名找我合作，我也势如破竹地一口气接下了六家餐厅的品牌推广工作。

时间越来越不够用，早晨睁开眼的第一件事是收发邮件，各个餐厅的试吃、采访拍摄、餐厅管理会满满地排在时间表上。晚上回到家还要再处理一轮文案工作才能睡觉，每天如此，没有所谓的休息日。

随着收入的增加，我之前担心的经济问题不但没有出现，整体经济状况反而得到了明显提升。我开始变得虚荣而挑剔，常常会嫌弃出差住的五星酒店大堂的香薰味道太过俗气，下午茶的餐厅没有明亮的自然光，背景音乐嘈杂而不够有品位，餐具不是名牌或设计师款根本不能端

我一直都觉得，跟餐厅合作就像是谈恋爱

上桌，服务生讲话有口音还不开除，甚至偷偷嘲笑餐厅里某些客人的穿着不合时宜。我似乎在用米其林三星餐厅的标准衡量一切，稍有偏差，就觉得是大错特错。这样的自己，仿佛是我做服务生和酒店前台时最不欢迎的一类客人。

我变成了自己以前讨厌的样子？

仲夏时节，厨神Bombana先生带着特级澳大利亚冬季黑松露来到北京。最后一场黑松露晚宴顺利结束后，我和餐厅Sous Chef（副总厨）Daniel，还有香港过来帮忙的Josh相约一起去吃夜宵。

处女座的Daniel厨艺非常了得，做出的料理味道平衡中带着小惊喜，富有想象力，摆盘的精致唯美处处流露着外国厨师达不到的东方细腻韵味。每次拍摄，Daniel都要亲自制作菜品，从来没有意外。

放下西餐，我带着他们来到了簋街。

临近午夜，簋街上依然灯火通明，红红的灯笼点缀着整条街，火锅的麻辣味道飘香四溢，每家餐馆都高朋满座，这几乎是簋街最热闹的时候了。我和两位亚洲顶级大厨竟然坐在路边，喝着燕京吃麻小。Daniel说，生活有时需要来点儿麻辣料。

我很好奇地问他："你为什么会选择做厨师？而且这么年轻就能达到这样的水平？"

几杯酒下肚，平日里不苟言笑的冷峻帅哥Daniel话也多了起来："我出生在马来西亚，小时候我的梦想只是在沙巴岛上开一家炸鸡店。因为妈妈是中国香港人，后来就随妈妈去了香港。高中毕业后去澳大利亚上大学，念的是商科，可是我对念书没什么兴趣，于是就又回到香港找工作。我的第一份工作是在酒店里给客人做早餐，那时候我根本不会煮饭。可我似乎天生对摆弄食物有兴趣，再加上那么一点点天分，后来被调到酒店的西餐厅厨房里做小工，而这家餐厅的Chef正是赫赫有名的Joel Robuchon。"

"Joel Robuchon！传说中拥有最多家米其林三星餐厅的世界名厨？"我惊讶道。

"是啊，就是这位Joel Robuchon。我跟了他七年，从切菜小工做到Sous Chef，我帮助他中国香港的餐厅拿到了米其林三星，之后又去了东京、中国台北和新加坡协助新餐厅开业，这几家餐厅都拿到了米其林星星呢。Robuchon对我就像对他的亲儿子一样疼爱。"Daniel骄傲地说。

"那你后来为什么离开他了？又是怎么跟随Chef Bombana的呢？"我完全被Daniel的故事吸引住了，不停地问着问题。

　　"那时候一年内做了两家新餐厅的开业筹备，几乎没有休息过。我的身体变得非常糟糕，去看医生，医生竟问我说是想保命还是继续做厨师。你能想象吗？那时候我只有25岁，医生竟然对我判了死刑。万不得已，我才离开了Robuchon。

　　"后来身体状况有些好转，我就隐姓埋名地在一家寿司餐厅做起了切鱼小工，只为图个清闲。可是没想到，Chef Bombana的新餐厅那么巧刚好开在了寿司餐厅的对面。大概这就是我的命数吧，没多久Bombana先生便找到了我，并极力劝说我过来帮他。为了让我重出江湖，Bombana先生甚至打电话给Chef Robuchon让他来游说我，没办法我只好答应了。Bombana先生对我很好，不会像从前那么辛苦。当然，我也帮Bombana先生的餐厅拿到了米其林三星。"

　　这话听来虽然有点儿狂妄，但的确是他用辛苦换来的不平凡经历。

　　"那你为什么会来北京呢？"我继续发问。

　　"像我们这样的厨师注定了四处漂泊。世界上顶级的餐厅并不多，每座城市也许只有那么一两家，所以哪里开了新餐厅，哪间餐厅有需要，我们就会过去。这一次Opera开业，Bombana先生又特别重视北京，所以就把我派过来啦。对我来说也是件好事，毕竟内地还没有米其林评定，我的精神压力还可以小一些。"Daniel解释道，眼神中透出无奈。

　　"这样四处漂泊的生活，你怎么可能交到女朋友呢？"我不由得八卦起来。

　　"我是有女朋友的，我们在一起七年了，但是其中有六年都是远距离恋爱。我世界各地到处跑，她也只能偶尔请假飞到世界各地陪我。无论我下班有多晚，她都会等我在Skype上说晚安。最近一次她来北京，正好赶上雾霾，她刚下飞机就开始咳嗽，结果来北京的几天都是在跑医院，真是可怜。"提到女朋友，Daniel的语气温柔了许多。

　　"这么好的女朋友，你可要好好珍惜啊，能心甘情愿等这么多年的女孩真是不多了。"我感慨道。

　　"唉，我现在正和她谈分手呢。"

　　"为什么呀？"我关切地问。

　　"我们认识的时候才20岁，现在七年过去了，岁数也都不小了，她想跟我结婚。"说着，Daniel将一杯酒一饮而尽，"可是我注定了四海为家，没办法给她想要的安稳生活，我也不想她继续为我受苦了。"

　　我这才明白为什么很多顶级大厨都是四十多岁才结婚，有的甚至终身不婚。

Daniel继续喝酒，继续说："其实厨师和艺术家很像，要保持创作状态，要耐得住孤独。要想做到最好，必须全身心地投入工作，而越投入就越孤独。我的生活就是这样，无论是在哪座城市，都只是公寓和厨房这两点一线，一周只有一天休息，索性就在公寓睡觉了。别人的休息日恰恰是我最忙的时候，因此朋友也很少，除了厨房里的同事，几乎不认识其他人。你看我已经来北京快半年了，微信里只有七个好友，都是Opera的人。"

我心疼地望着Daniel，继续问："那你快乐吗？"

他却回答："我每天都在厨房里面忙碌，哪儿有时间想这个。"

越投入越孤独。我反复思索着Daniel说的这句话。

的确，当我全力以赴地努力工作，事业随之不断攀升，我也终于进入了这个行业金字塔的顶端，可是我并没有想象的那样开心，反而更多地感受到高处不胜寒的孤寂。

"我看你今晚那份牛排没有吃完啊？不好吃吗？"Daniel反过来问我。

"那份牛肉味道很好，可惜我感觉煎得有些老了，血水都跑了出来，所以我就没再吃了。"我小心翼翼地当着大厨的面"投诉"。

"你的嘴可真刁！没错，今晚的牛肉确实有些老，因为客人比预计来得多，Bombana先生从澳大利亚带回来的牛肉不够分了，所以我就把牛肉切得比平时薄，为了每个人都有得吃，竟然被你尝出来啦。你知道吗？像你这样挑剔难搞的女人，在餐厅里是最不受欢迎的。"Daniel有些喝多了，直截了当地说。

是啊，我是从什么时候变成这样了？我也是吃过苦的人，想想以前在餐厅和酒店打工时，最讨厌的就是傲慢挑剔、自认为品位很高的老女人。

我又一次怀疑自己变成了最讨厌的样子。

看着Daniel微醺后放松自在的样子，他分明是在用酒精灌醉自己的孤独。那晚，我们仨人都喝得有些醉了。

凌晨三四点，我带着一身酒气回到家中，困意全无。坐在窗边，通过玻璃望见自己，晕了妆的黑眼圈，半褪了颜色的红唇，因为酒精刺激和疲倦已经布满了红血丝的眼睛找不到焦点，空洞洞一片。

一股强烈的孤独感夹杂着失落向我袭来。好想找个人说说话，可是已经深夜，我又能找谁呢？整个世界仿佛就只剩下了我自己。

犹豫片刻，还是拿起电话打给了南半球的Julian。

这是离婚以后我第一次给Julian打电话，这么长的时间以来我一直忍着不和他联系，希望自己能独立处理好这些事情，离婚也只是发了条信息简单告知，毕竟我决定离婚与他无关。

这时的新西兰应该是早晨，Julian刚刚起床，接到我的电话有些意外。

几句简单的寒暄过后，Julian问我一个人过得好不好，我说很好，只是有些忙碌。他叮嘱我要好好照顾自己，按时休息。说着说着又聊起以前的事情，他说很想念我煮的东西，他妈妈的厨艺依然非常糟糕，女朋友也不会做饭，很想再吃到我做的红烧茄子和香菇鸡汤。他还说，我现在应该是过着曾经跟他描述过的美好生活，家中日日有花，窗明几净，面包飘香，朋友成群，把酒言欢。

没想到，他还记得。

Julian问："你是不是真的快乐？"

我沉默地挂断电话，在窗边静坐了许久。

我是不是真的快乐？已经有多久我没有为自己做一餐饭，哪怕是早餐，已经有多久我没有买一束自己最爱的粉玫瑰放在床边，已经有多久我不主动和朋友联系，只被动地等着别人偶尔想起来的关心，像个失魂落魄的孤僻小孩。

我真的没有想象中那么快乐。

也许有人会觉得我野心勃勃，甚至是欲壑难填，但其实我想要的并没有那么多。我如此拼命地努力工作，不过是用事业上的成功来掩饰单身后的失落和恐惧。如若没有大量的工作占满时间，又怎么能隐藏得住内心的寂寞和空虚？我早已经把餐厅当家，分明是想借助事业推进带来的享受麻痹我对失败的家庭生活的失望和抗拒。

这根本不是我想要追求的那个快乐的自己。那快乐并不是珍馐美味、华服霓裳所能给予的，同样也不是忘我工作可以填补的渴求。

当我太过沉迷于某一件事的时候，反而忘记了最初做它的理由。我迷恋上的也许只是纵身投入其中的感觉。

莫忘初心，我对自己说。

你们是我身边

不变的风景

一路走来，身边的风景不停变化，身边的人相遇了，又分别了。只有我们，手牵着手，相视而笑，一直往前走。无论这一路我们是否单身，我们要做的都是尽力去成全自己的碧海蓝天，因为那才是能让我们尽情舒展笑容的好天气，也只有拥有了那样晴朗的心情，才能更好地爱自己、爱别人。

单身后的时间变得充裕起来，我又有意识地想要把自己从太过忙碌的工作中解放出来，想着之前一直没有时间做的事情现在也可以随心所欲了。

虽然子楷已经准备把房子放到中介出售，但只要我在这里住一天，就要让它舒适温馨。家在子楷走后已经收拾停当，好久没有请朋友们来家里做客了，索性把料理机、酸奶机、榨汁机和烤箱都找了出来，又去超市采购各种食材将冰箱塞得满满当当，准备重拾厨艺，招待朋友。

Sex and the City（《欲望都市》）之所以那么受女性欢迎，是因为无论在世界的任何地方，一个女人身边总有几个贴心的闺密，她们可能性格迥异，背景和经历各不相同，甚至有时会为了某个男人互相猜疑，可不管有过什么样的误会，她们总是能很快地彼此宽容，又聚在一起分享所有的喜怒哀乐，比亲人的关系还紧密。

盛夏八月，是欧洲人的休假期，正好也是北京餐饮的淡季，很多西餐厅的经理和大厨也都回欧洲度假去了。大厨不在，餐厅的推广活动随之暂停，我的工作量也减少了很多。

一到周末，赶紧召集了几个闺密到家里小聚。我才想起来，关于离婚的事情我还没有正式和朋友说过。

竹子是我生活中的"Charlotte"（《欲望都市》中的四位女主角之一），她也是处女座，家境殷实，容貌清秀可人，身材娇小纤瘦，特别热心乐观。在我眼中她就像托斯卡纳的绿芦笋，新鲜爽脆，阳光向上。

我和竹子是高中同学，从认识开始就一起喜欢王力宏。高中毕业时，我差点儿随她一起去了加拿大念书，可惜最后家人把我送到了新西兰，我们俩一南一北，联系渐渐少了。大学毕业后我们都回到了北京，她在国际一流的会计师事务所工作，我做起了品牌公关，虽然工作上毫无交集，但一个电话就让我们回到了中学时候的亲密无间，竹子又成了我生活中不可缺少的亲爱的闺密。

与竹子的无话不谈又何止是因为十几年一直未断的友谊，更多的是因为我们成年工作后的生活轨迹也有着惊人的相似。三年前，竹子和我前后脚步入了婚姻的围城，她的丈夫竟然是我们的高中同学。经历过漫长而不确定的远距离跨国恋爱，竹子毕业后毅然放弃了在多伦多工作的机会，直接回到北京和男友团聚，不久两人便结婚了。在大家看来，青梅竹马的两个人是天生注定的缘分。可是，谁也没想到，她却在去年毫无征兆地选择了离婚。更没想到的是，我竟也步了她的后尘。说起来，我们离婚的理由竟也惊人的相似。当我哽咽着向她说出我离婚的决定时，她没有惊讶也没有询问，而是温柔地拥抱我，告诉我一切都会过去的。我是如此习惯竹子的拥抱，那么熟悉，那么了解。

Amanda的传奇在于她就是"Samantha"一样的女子。在高端会所做公关总监的Amanda算是我的同行。黝黑健康的肤色，热辣撩人的身材，蓬松的头发，爽朗的笑声，都是她的标志。Amanda在我眼中犹如普罗旺斯的黑松露，稀世罕有，性感浓郁。

和Amanda相熟后我才知道，我们都曾经在新西兰留学，当时她在奥克兰，我在惠灵顿。回国后，因为工作的关系，经常出席餐厅的颁奖活动，她醒目的外形给我留下了深刻印象。最初我以为她是外国人或者混血，上前用英文自我介绍，交换名片，结果她竟用再标准不过的普通话答复我，让我目瞪口呆。错愕之后的好感从那时开始一发不可收拾，后来同为新西兰"老乡"的我和Amanda无论是媒体宴请、出席活动，还是周末小聚，几乎形影不离。

三年前我婚礼的时候，Amanda竟然神奇地接到我的手捧花，一上台她就开玩笑说要马上公布自己的电话号码，望单身男士即刻与她联系，艳惊四座。而最不可思议的是，从新西兰飞来观礼的Julian与Amanda也一见如故，聊天时才发现，Amanda在新西兰的男朋友竟然是Julian现在的舞蹈老师！我和Amanda在新西兰时都不曾认识，偏偏我们的前男友出人意料地成了师徒，缘分这东西，真是妙不可言。

最后要介绍的是聚会总迟到的南南。南南是朋友中最事业有成的女强人，自立自强，永不服输，像极了"Miranda"。模特出身的南南身材高挑，皮肤白皙，仿佛西西里岛的一颗新鲜柠檬。

　　原本从事娱乐营销产业的南南和我没有任何交集，但偶然的一次剧组寻找拍摄场地，连续三家都找到了我负责的餐厅。南南的魅力即使在我这个同性看来也是那么自然生动，我不由自主地被她打动。那一次，我抵挡不住她的美丽，帮她忙前忙后地搞定超乎标准的场地，她惊呼着："要是没有你，我该怎么办呀？"被女强人依赖的感觉实在太好。

　　独自经营公司的南南和她的杨先生是我们当中真正令人羡慕的一对。在我眼里，南南和杨先生的婚姻生活是我最期待的状态，两个人共同努力，亲密无间。我也曾经鼓励子楷，幻想着有一天我们也可以像他们那样。

　　为三个性格迥然不同的朋友量身定制一桌大餐让我颇费了一番心思。前菜的三文鱼和甜虾刺身是南南最喜欢吃的生鲜海味。煎了新西兰小羊排，调制Coleslaw（卷心菜沙拉）搭配南岛产区的Pinot Noir（黑皮诺干红），表达出我和Amanda难舍的kiwi（新西兰）情结。甜品是我提前烤好的枫糖巧克力蛋糕，再开一支加拿大冰酒，喝起来也算是竹子的"家乡"风味了。

没有男人，抛开工作，有的只是几个闺密和无数美味，开一瓶香槟，做几道好菜，不用管卡路里，说说彼此最贴心的故事，也许其中就有我正在寻找的答案。

从一开始就选错了

为什么会离婚？

去年竹子刚离婚的时候，我和竹子约好吃午餐，本想安慰开解她的，想着她又住回了合租房，这几年和前夫没买房也没有什么积蓄，跟净身出户没什么分别，感觉特别心疼和怜惜，想象不出娇弱的她如何面对现在的生活。没想到，见面后，她的状态竟出奇好，每个毛孔都散发着自由的愉悦。相比之下，有房有车有老公，正准备怀孕的我却愁眉不展，一脸的焦虑。坐在她对面的那一刻，我真的希望角色可以互换，我好想成为她。

竹子说，她当时见到我的状态就已经预感到我也会有离婚的一天，因为当时的我分明就是半年前的她，在不对的婚姻里怎么可能快乐呢？直到我决定离婚，身为局外人的竹子终于明白导致我们两婚姻失败的根本原因就是——门不当户不对。

门当户对听起来也许很老套，却有着自古相传的道理。竹子前夫的家境一般，尤其是和竹子殷实的家境比起来显得差距更大，两人结婚时男方没有相当的积蓄做彩礼。满怀爱情的竹子自认为不是攀附富贵的人，更不愿变成啃老族，她相信靠着两个人的共同努力，生活会越来越好，共同创造财富的过程就是实实在在的幸福。所以，即使他们没钱买车买房和度蜜月，结婚后依然住在合租房里，她都义无反顾，毫无怨言。

可是，几年过去了，他们的生活似乎并没有明显的改变。眼看着身边的朋友渐渐有了属于自己的家，生活和事业在正轨上越来越红火，而自己还在原地踏步，心里当然会不平衡。父母不是没有提出要援助他们，但都因为竹子前夫的自尊心而被婉拒了。婆媳关系在不大的出租屋里更加尖锐地表现出来，作风有些洋派的竹子是过惯了苦日子的婆婆始终无法真正接受的。

爱丈夫，爱他的家人，为了维持这个千辛万苦才建立起的小家，竹子不知背地里偷偷哭过多少次，然而最初浓烈的爱终于耗尽在不时爆发争吵的日常生活中。

每次回到娘家，父母的宠爱让竹子有种从地狱爬回天堂的感觉，这才是她从小习惯的生活。再看看自己的老公，每天下班回家后坐在电脑前专心致志地打游戏，事业上不求上进不说，对她也渐渐变得漠不关心，以为媳妇娶回来就万事大吉。竹子说，和他在一起这么久，我终于知道一直往前走的只有我一个人，我不想再拉着他走了，我累了。她已经没有力气再拽着那个曾经许诺要和她并肩奔向幸福的男人。

我若有所思地点点头，想起我当年结婚时，爸妈就有过对子楷家境的顾虑，也许当时我被突如其来的感情冲昏了头脑，也许是我太渴望一场虚荣的婚礼，不懂事的我固执地认为结婚是两个人的事情，与父辈与家境无关，甚至认为父母的顾虑是一种让我厌恶的势利。

谁知婚后矛盾接踵而来，虽然工作环境类似，但不同的成长背景让我们在具体的生活中切实感受到了不可消融的距离。同样，我也不可避免地遭遇了微妙的婆媳关系。直到我像竹子一样选择放弃，才理解了爸妈当时的担忧。竹子说得对，婚姻需要门当户对，其实我们从一开始就选错了。

选对了就是幸福

单身以后我该过怎样的生活？

从提出离婚到办好手续，我一直试图用疯狂的工作来填满生活，其实我不想承认自己始终在逃避婚姻失败这个事实。我曾经坚信，就应该像大多数人一样，到了什么年龄就做什么事，平凡的生活才最幸福。20岁出头谈恋爱，25岁结婚，28岁生孩子刚刚好，幸运的话31岁还能有第二个宝宝……

只可惜，我在30岁抛弃了婚姻，像个逃兵一样。好不容易摆脱了对子楷的愧疚，又要面对一切重新来过，说没有压力那是骗人的，毕竟青春留给我的时间已经不多了。

可是Amanda始终是个例外，她永远神采奕奕，活力十足，黝黑的皮肤看不出任何皱纹，很难想象她竟然大我七八岁。那股精气神甚至是比我小的女孩子都比不上的。

其实，Amanda也结过婚，不到两年便离了。离婚后她去了新西兰，到现在已经单身十年。Amanda的单身生活应该是让所有女孩羡慕的：光鲜靓丽地在各大派对中如鱼得水，每年夏天都飞往欧洲的海边度假。她浑身散发出的性感味道引来异国恋情无数，在希腊克里特岛结识的帅气船长，在西班牙巴塞罗那偶遇的完美身材的健身教练，在德国柏林阴差阳错撞见的优雅律师。再没有什么人能像她那样活得如此潇洒、如此精彩。

Amanda常说："人和人都不一样，每个人对幸福的定义也都不一样，所以各自有各自的活法，开心就好。"

我问她，错过了结婚生子会不会觉得遗憾？她却说，婚姻和孩子之外还有很多事情可以享受，比如工作、旅行、恋爱，这些对于她来说都比婚姻更让她愉悦。人不仅仅只有一种活法，也不仅仅只有一条通往幸福的道路，要选择适合自己的那一种，选对了就是幸福。

幸福，总会有N+1种模式。

为爱付出的幸福

闺密当中，我最羡慕南南，我一直说她好运气，能够有像杨先生这样优秀的老公。这么说来，我还是向往传统的中国式婚姻。可是，经历过婚姻失败之后，我对未来的感情没有了信心，有点儿不敢再爱了。

我知道南南的生活并没有我想象的那么养尊处优，一帆风顺。她已经连续几个星期没有休息了，下周又要去几个城市出差，还要去剧组跟进项目，片场的艰苦条件可想而知。她说，老公的梦想很大，她会全力以赴，协助他实现梦想，不仅仅是为了更好的生活，更是为了爱。

　　南南的话让我很感动，反省自己过去的感情，好像每一段都会有所保留。跟子楷在一起的时候，开始也会全心全意、心甘情愿地付出自己的时间和精力去照顾他，支持他的工作，可是当我发现付出得不到相应的回报，爱情也渐渐被消耗殆尽了。一间房，两个世界，我们都躲在各自的角落不愿再伸出手。

　　那么Julian呢，曾经我是那么深地爱着他，深爱到对自己感到不安甚至恐惧，我害怕孤注一掷后空梦一场，害怕太过浓烈的爱会淹没自己、失去自我，最后胆小的我选择离开。

　　南南说："为爱付出不应该总想着回报，只有这样才能够真正感动到你爱的人，得到意想不到的回报。因为，为爱付出，不仅仅是为了对方，更是为了自己，这样才能够不留遗憾，爱得通透彻底。"

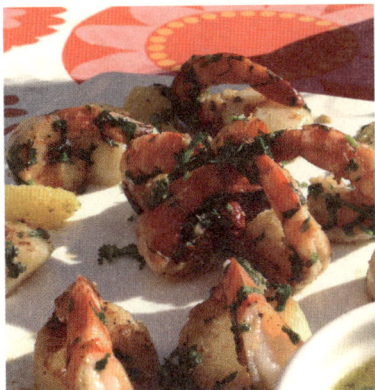

　　这一刻我恍然大悟，以前面对感情，我总是患得患失地带着计较之心，步步为营却掉进自己画地为牢的陷阱。如果我能像南南那样全心付出，真爱一场，也许早已在很久很久之前就获得了完美的幸福。愚蠢的我错过的何止是一份爱情，更是早已应该成长的自己。

　　幸运的是我身边有这么几个聪明智慧的女生，她们关心着我，温暖着我，保护着我。若是没有遇见她们，我的生活将变得多么单调迷茫。她们才是这座城市最值得我留恋的地方，她们是比家人更懂我的亲人，她们甚至比我更知道我要的是什么。

　　一路走来，身边的风景不停变化，身边的人相遇了，又分别了。只有我们，手牵着手，相视而笑，一直往前走。

　　无论这一路我们是否单身，我们要做的都是尽力去成全自己的碧海蓝天，因为那才是能让我们尽情舒展笑容的好天气，也只有拥有了那样晴朗的心情，才能更好地爱自己、爱别人。

　　谁说爱自己不是对未来爱人最好的承诺呢？

只有最好的记忆，
没有最好的爱情

我能够准确地告诉你做出一份上好美味的意大利面需要七个步骤，
但是谁能告诉我忘记一个人到底需要几个步骤？
从今以后，我不会再担心失去他，而他也已经永远地停留在我最好
的时光里。

一份完美意式肉酱面的做法

。。。。。。。。。。。

1. 先烧一锅开水，在锅中放入两大勺海盐，再淋入橄榄油。

2. 将适量Spaghetti倒入锅中，煮到七分熟，煮到中间好像有根铅笔芯的硬度刚好，出锅过冷水，备用。

3. 炒锅加热，加少许橄榄油，再倒入洋葱碎和蒜片，炒出香味；然后将新鲜的罗勒叶和百里香撒进锅中翻炒。

4. 倒入半瓶红酒，葡萄品种最好是果香丰富的Shiraz，味道柔和且颜色漂亮。

5. 等葡萄酒里的水分挥发得差不多了，加入生牛肉馅翻炒，一直炒至肉碎粒粒分明。

6. 在炒锅中倒入一小瓶那不勒斯风味的番茄意面酱料，小火炖煮一个小时。

7. 肉酱煮好后，将煮好的spaghetti用热水焯热，在面上浇上肉酱，即可。

这是我跟大厨新学来的一种做法。

我能够准确地告诉你做出一份上好美味的意大利面需要七个步骤，但是谁能告诉我忘记一个人到底需要几个步骤？

点了蜡烛的周末夜晚，碟机里刚好放到懒洋洋的爵士，即便是一个人的晚餐也变得温存和矫情起来。

Spaghetti很筋道，肉酱上撒的新鲜马苏里拉芝士味道浓郁，酸咸爽口。可是，这依然不是我一直想要的那个味道。

难道是因为葡萄酒？是的。

当年Julian用的那瓶酒和我今天开的红酒无论是品种、产地、年份还是酒的状态都不再一样，我怎么可能还奢望会有相同的味道呢？闭上眼，让我好好回想一下Julian端给我的那盘意式肉酱面——酱汁偏酸，酒味有点重，仿佛吃完这一盘就会醉了似的。

如今，我即使用最专业的方法制作，用更适合的红酒调酱汁，用上好的食材烹饪，即使味道好得令教我的Chef 都称赞，它也不再是我心心念念的关于爱情的味道。

六年前，我和Julian在一起，也是我在惠灵顿的最后一年。

周末的晚上，他亲自下厨做Spaghetti，我们开了瓶红酒，点了蜡烛。我租住的房间非常小，根本放不下一张像样的餐桌，我们却自在地面对面坐在地板上，用手托着盘子吃。那一餐比去任何米其林星级餐厅都要罗曼蒂克，那份有些酸、有些苦的意面也比任何顶级大厨烹制的贵得令人咋舌的美食都更让我回味。

从那时起意式肉酱面便成为我的最爱，因为每次遇见相似的味道，都会将我瞬间拽回到那个地板上的晚餐之夜——我和Julian在烛光中看着彼此，脸埋进盘子里，吃着我们自认为全世界顶级的美味。尽管那时我还只是个留学生，身边没有家人，没有朋友，没有积蓄，没有漂亮的衣服、首饰，更没有令人羡慕的工作……我似乎什么都没有。我只有一间小小的合租房，小小的房间里，我只有他。

分开五年，我并没有因为时间的拉长而渐渐淡忘在新西兰的一切。相反，我还是会在一个人的时候，忽然就想起南半球的另一个季节，想尽办法试图再去寻找和Julian有关的味道。我知道，关于回忆的味道从我转身离开他的那一刻便已经在我的身体里开始发酵，最初因为混合着眼泪是那么酸涩，还带着咸咸的苦。谁知这份回忆却在时间的酝酿中变成了常常会让我迷醉的酒。我甚至已经记不起当初分开的原因，我选择性地忘了自己的残忍和自私，选择性地忘了自己愚蠢的坚持。

　　送我去机场的那天，Julian特意带我重新走了整座惠灵顿，我们的惠灵顿：初遇的教学楼，第一次约会的咖啡馆，第一次拥抱的海滩，第一次亲吻的钢琴教室……一路追着记忆的我早已是泪水涟涟。Julian说："再带你走一遍我们的故事，请不要忘记这里，不要忘记曾经发生的一切……不要忘记我。"我拼命地点头，这么美好的爱情，怎么忘？！

　　机场响起了我最不想听到的第三遍final call，所有的工作人员都在看着我这个任性的不想放开爱人双手的中国女孩。Julian轻轻地，也是稳稳地亲吻了我的脸颊，把我推向安检口。最后一眼，我隔着玻璃看到他满脸是泪，曾经对我来说最安全最有力的双肩一直在颤抖。

　　再让我多看你一眼吧，my dearest Julian！

　　十几个小时的飞行中，我哭到几乎窒息缺氧，看惯了聚散离合的漂亮空姐体贴地递给我一整盒纸巾和一大杯温水，她轻轻按了按我的手背说："Time will recover everything, you will be fine my dear."（时间会治愈一切，你会没事的。）

　　回国后的日子似乎并没有想象中那么糟，我们每周会通几次电话，写几封邮件，并且十分默契地刻意不提各自的新生活，或许我们都太急于表达彼此的思念，甚至来不及开口说"分手"。我想，那段时间里，我和Julian是混沌且悲伤的，我们不敢去定义我们当时的关系，也不敢期望未来，隔着几万里，我们只有回忆。

突然有一天，Julian小心翼翼地在电话里问我能不能允许他交往新的女朋友。

我知道这一天终究是要来的，即便它迟了几个月也还是拦不住。虽然我已经做过无数次心理准备，离开他的这段时间也因为忙着找工作而渐渐忽略了"失恋症候群"带来的情绪起伏，但我还是愣了一下，然后马上回复他说："当然可以，当然。你是自由的，Julian。"我站在餐厅的落地窗前，夜幕刚刚降临，玻璃上反射出我疲惫的脸，我笑着对他说，言不由衷。

我不能再告诉他，我白天刚经历了两场面试，从城西奔到城东，职位竞争惨烈异常，这是我今天的第一餐。

那晚之后我大病了三天，心和身体集体罢工。

my dearest Julian，我知道你一定比我更难过，那座我逃离的城里到处都是回忆。

my dearest Julian，我知道你用每一个纪念日的祝福来提醒我"不要忘记"，我一点儿也不怪你的自私，因为我曾是那么自私地离开了你。

my dearest Julian，你可知道我对你的记忆和思念仅凭那些正在不断挥发的味道小心维系吗？

渐渐地，"新西兰"成了Julian的代名词，有时候是一杯Flat White咖啡，一块Anchor的黄油，有时候是一杯麦卢卡花蜜水或者一罐抹面包的Marmite酱……吃到任何来自新西兰的食物，我都会条件反射地想到他，这些食物一直在冰箱里，从未断货。

在我的婚礼上说"再见"会不会是命运玄妙的捉弄。得知我要结婚的消息，Julian万里迢迢地赶到北京，他一直都记得当年我那个玩笑的约定："有一天，我结婚了，请在我的婚礼上为我弹唱*Forever Love*。"

因为我太希望Julian能够放心，整场婚礼，我都展示着幸福新娘的标准笑容，直到他在钢琴旁唱："从今以后，你会是所有幸福的理由……"我再也忍不住眼泪。

从今以后，我们在此作别，即使从未正式说分手；从今以后，我便是别人的妻子；从此以后，我们的故事，就只能放在回忆里。

从今以后，我不会再担心失去他，而他也已经永远地停留在我最好的时光里。

　　我还是会常常梦到Julian，梦到他穿着一身白色的西装坐在钢琴旁，而我就站在离他不远的地方，我的双手无力上前触碰，我的灵魂又不肯就此转身……我就那么矛盾地看着他，听着他，发不出任何声响。我不停地问自己，为什么我要离开他？为什么我们会变得友好礼貌不再亲密？

　　当我成功做完盛大派对开香槟庆功的时候，我想，也许是为了这一刻，我离开了他。

　　当米其林星级主厨在我的面前刨黑松露时，我想，也许是为了这一刻，我离开了他。

　　当我在王力宏鸟巢演唱会的庆功宴上，和力宏并肩高唱《盖世英雄》的时候，我想，也许是为了这一刻，我离开了他。

　　当我的专访照片美美地出现在杂志上时，我想，也许是为了这一刻，我离开了他。

　　当我采访到洛克菲勒夫妇时，我想，也许是为了这一刻，我离开了他。

　　当我坐在威尼斯的某座桥上思念他时，我想，也许是为了这一刻，我离开了他。

　　当我骄傲地站在好望角祈福，终于到达了我以为到不了的地方，我想，也许是为了这一刻，我离开了他。

每每当我最得意最开心的时刻，都会负气地想起他。

催眠老师对我说："如果闭上眼睛你看到他，就对他说句话吧，一句你再也没有机会告诉他的真心话。"

那天在我并不陌生的音乐中，我祈祷着他的到来，我要跪在他的面前请求他的原谅："my dearest Julian，对不起！对不起！对不起！那么狠心地离开你是我害怕失去你的心。我自私地希望你能够一直惦念我，所以才会在我们最相爱的时候选择离开，我想只有这样你才会永远记得我。我太自私了！对不起！对不起！现在，我已经受到惩罚了，我每天都不可抑制地想念你，是你在我的心里永远不会被忘记！"

在处理离婚事务的几个月里，我和Julian没有任何联系。当我平静而心怀期待地告诉他"我自由了"的时候，他却淡淡地跟我说他刚刚订婚。

5月24日，竟然是同一天，我和Julian再次错过。

"再也吃不到那个味道了，就像我们，再也回不去了……"

Spaghetti独一无二的味道突然让我明白，人是凭记忆去品尝的，如果遇到某些与童年或美好回忆类似的味道就认定是好的，可是时过境迁，当年的味道是绝对不可能还原的。

　　人们尝试着回到过去，或者挽回曾经的爱人，也同样是一件不可能的事情，毕竟天、地、人都变了。与其拼命寻回过去的美好，倒不如潇洒地等待未来。

　　Julian给予我的一定是最好的记忆，但谁又能说是最好的味道呢？因为谁都不知道明天会发生什么，爱情也是如此。

从此以后，我们的故事，就只能放在回忆里

继续走，终会
遇见

+

那一刻，身在世界之巅，天地如此广阔，而我，不过是尘世中渺小的一粒沙，心中始终无法释怀的情事更是微不足道。是啊，我已找不到更多的言语来形容此刻充盈在我心中的复杂感受，我知道没有什么事是不可以放下的。

一切都可以重新来过。

My Precious

我走遍世界，
却再也
回不到你身边

旅行怎么会因为你的悲伤而止步呢？时间会推着你、带着你往前
走，不管你是否愿意，它总是安排出更多的惊喜和伤痛，出人意料
又美妙迷人。

朋友问，怎么会想起一个人跑去尼泊尔？我想了想，其实理由很简单：某天清晨，我刚好端着一杯咖啡，心情不错，刚好从书架上随意抽出了一本书，刚好书里掉出一张明信片，那张卡片是多年前老友从加德满都寄来的，被我插在书里当作书签早已忘记。卡片上是一座古老的广场，漫天乱飞的鸽子，一位身穿红色纱丽的老妇人坐在广场边沿，面无表情地望着远方。说不清是这卡片上的景色打动了我，还是老妇人喜忧难辨的神情触动了我，也许只是碟机里刚好放着小野丽莎的*Country Road*唱进了我的心里，我突然间好想坐在那座广场上，回归原始，无欲无求。

于是，就有了这一场有些冲动、说走就走的旅程。

一个人订好机票酒店，一个人收拾行李，一个人赶赴机场。

去机场的路上，我在想这好像是这么多年来第一次自己一个人旅行。十年前，刚到新西兰留学的第一个寒假，我从新西兰北岛的最南端一路走到了最北端，真的很孤单，走得越远越感觉沮丧，那之后我暗暗发誓，再也不要独自上路。

也许我并不是一个独立且耐得住寂寞的人，我喜欢身边有朋友或伴侣的陪伴，不会一个人去电影院看电影，不会一个人去餐厅吃饭，即使去健身房也有子楷陪着一起。从心底来说，我很在意别人的眼光，我害怕看见他们眼中对一个单身女人的同情和怜悯，我承认自己并没有表面上看上去那么自信和强大。

可是，这场旅行，一个完全陌生的国度，我一个人，真的可以吗？

当我形单影只地站在登机口时，身边的人正匆匆忙忙地赶往自己的目的地。曾经在这里，没有离婚的我和子楷，还未出发就忍不住拿出手机拍照。新加坡、迪拜、伊斯坦布尔、首尔、大阪、罗马……多少熟悉且令人兴奋的目的地。而这一次，忙碌有序的候机大厅里好像只有我是一个人，周围被情侣、老友或者一家几口包围着，再看看目的地——加德满都，一个完全陌生的地方，我有点儿胆怯了。

这么不美好的心情怎么可能会有一场愉悦的旅行？可脚步还是不由自主地往那陌生的地方奔去。随着机票check-in的"哔"一声响起，在迈入飞机通道的那一刻，没有退路的我突然如释重负，似乎所有的担心和疑虑都被挡在了登机口外，我呼吸到的是期待已久的有点儿冒险的神秘空气。

飞机刚到达加德满都，我就感受到了尼泊尔的"可怕"，谁能想到一个国家的国际机场，规模和设施竟然连中国三线城市的火车站都不如，而这已经是加德满都最好的建筑了。

当地导游顺利地接到我，一辆号称超豪华的空调巴士带着我穿行整座城市。沿途的街道两边全是不超过三层的砖瓦房，几乎看不到现代建筑，街上垃圾遍地，人们混乱地在街上穿梭，满街破破的汽车在马路上横冲直撞，看得坐在车里的我有些目瞪口呆。

虽然城市脏乱，我却有种抑制不住的兴奋。那些所谓的大城市看似不同，但也大同小异，拿着星巴克坐在双层巴士环城观光，在著名景点的Information Center（信息中心）查询各种信息……而这里貌似什么都没有。在我看来，加德满都几乎没有一丝现代文明世界的痕迹，这样的质朴让我有种恍如隔世的感觉，这不就是我来尼泊尔的初衷吗？

曾经，在普罗旺斯的小火车上，望着窗外法国乡间的美景，我回忆起和Julian开车兜风时的情景，相似的风景，墨绿色的山丘绵延起伏，山脚下是被浅褐色的篱笆隔开的一块块嫩绿的草场，几座木屋零星地点缀其间，在晨曦的沐浴下，飘散着乳白色的烟霭。瞬间，我又坐回了他敞篷车的副驾上，一起吹风，听着John Mayer（约翰·梅尔）。

曾经，在开普敦的酒店里，海边的餐厅，面朝碧蓝广阔的大西洋，远眺著名的桌山。傍晚在餐厅里吃到久违的Fish & Chips（英式炸鱼和薯条），坐在靠窗的地方，霞光慢慢将天空渲染至橙红，竟然与一场海上落日不期而遇。

2008年的元旦，Julian连夜开车七个多小时带我去Gisborne（吉斯伯恩）迎接新年世界上的第一道曙光。因为临时启程没有预订酒店，我们随性地将车子停在海边，等待太阳的升起。当新年的第一缕阳光如约而至，我和Julian挤在海边上千的人潮中，幸福地看着最新鲜的阳光笼罩在爱人的身上。

曾经，在土耳其的雪山上，连绵的山脉像披了一层厚厚的白毛毯，在阳光下泛起层层银光。蓝天映着白雪让我又回到了新西兰的Mt Ruapehu（鲁阿佩胡火山），Julian稳稳地扶着第一次滑雪的我，而我小心翼翼地站在雪板上，一刻也不敢松开他的手。突然间他放手轻推，我竟滑出人生中第一道漂亮的雪线。

虽然离开新西兰已经五年，但无论在世界的任何地方，不经意间，某个似曾相识的情景里，哪怕是一阵风、一束阳光，甚至是一种味道，都会让我记起与Julian的点点滴滴。

原来，我一直在心里反复地提醒自己他的存在，原来，他片刻都不曾离去。

然而，破旧繁乱的加德满都却让我找不到任何与过去相似的事物，我也终于不用担心会不由自主地陷入与Julian有关的回忆里。

那么，开启一段全新的属于自己的旅程吧。

与糟糕的市区相比，加德满都为数不多的精品酒店简直就是天堂，酒店里随处可见精美的异域木雕和民族铜饰，讲一口流利英文的服务生，有小花园的户外酒吧，还有顺畅的无线网络。

尼泊尔的特色民族晚餐的味道实在乏善可陈，在物质这么匮乏的地方，美食真算得上是极大的奢侈品，自然是无法和中餐相比的。

吃完饭回到酒店，我抱着电脑跑到大堂开始更新facebook（脸书），犹豫了一下，还是忍不住点进了Julian的主页，他的头像已经换成了他和她的合影，最新的相册是5月24日的订婚派对。虽然已经知晓，但是当我亲眼看到my dear Julian在曾经为我庆生的餐厅里单膝下跪，深情凝望那个美国女孩的时候，心痛来得如此真切，泪水猝不及防。一直不敢正视的事实就这样清晰地呈现在眼前，我却说不出一句话，那样的无力感让我连呼吸都想放弃。

我承认，5月24日拿到离婚证的那一刻，我偷偷想过，也许和Julian还有机会，缘分兜兜转转，该是谁的人最后还是会回到谁的身边去，我在心里一直笃定地认为我们是彼此的命中注定。因此，即使当我得知他在同一天订婚时，瞬间的沮丧还是被微弱的侥幸战胜，毕竟订婚也代表不了什么，甚至即使结婚也可能跟我现在一样。可是，当我看到照片上他深情款款地望着那个陌生女孩，眼睛里的温柔仿佛整个世界只有她的存在，这眼神对我来说再熟悉不过了，然而如今他深深爱恋和凝望的人已经不再是我，这无疑令我心碎。

心事重重，加德满都的第一晚我几乎一夜无眠，和Julian的过往如同电影一样，一帧一帧地在脑海中浮现，与他相爱是我最好的年华中最美的事情，但我也知道那些过往如梦境般再也无法重现。他身边已有了新的爱人，那一刻我无比绝望，从今以后我不再拥有Julian的爱，我该怎么过活？

凌晨时分我终于在悲伤中迷迷糊糊地睡去，但很快又被吵醒，旅行怎么会因为你的悲伤而止步呢？

时间会推着你、带着你往前走，不管你是否愿意，它总是安排出更多的惊喜和伤痛，出人意料又美妙迷人。

杜巴广场，明信片上的风景，红墙与黑色木雕相间，皇宫门口的广场上鸽子漫天飞舞，满街身穿纱丽的尼泊尔妇女，人们在这座世界闻名的广场上或摆摊叫卖，或在屋檐下纳凉发呆，他们丝毫不在意周围游客的长枪短炮，自顾自地生活。如此原始的生活状态仿佛几百年都不曾改变，他们早已看惯这样匆匆而来的热闹，也懂得与之保持距离。

没有哪一个故事可以复制，也没有哪一种魔咒必定应验

　　强打精神的我失魂落魄地坐在广场的边沿，任鸽群从身边飞过，不远处的人群排着队去膜拜活女神，广场附近的音像店飘扬出悠扬的佛教诵经声，令人错觉身处19世纪。是的，这里确实没有半点儿与Julian有关的痕迹，我逃到了前世，却依然满心满脑对他的思念，我还能怎么逃？

　　让我静下心来给你讲一讲"丘比特爷爷"的故事。

　　在新西兰的第二年，我还没有遇见Julian，有一天为了赶时间交论文，很奢侈地坐出租车去学校。出租车司机是位六十岁左右满头银发的老爷爷，送我的一路上他给我讲了自己的故事。

　　三十多年前，老爷爷还是二十多岁帅气的新西兰小伙子，在学校里他认识了一位美丽的苏格兰姑娘，很快他们恋爱了。一年后的毕业让女孩面临留下或离开的选择。小伙子因为年轻，不敢给女孩未来的承诺，只能眼睁睁地看着自己的爱人离开，飞去了地球的另一边。那时候通信不发达，两个人只能靠写信越洋联系。那么远的距离，时间久了联系自然越来越少。当时两个人并不觉得太难过，各自都开始了新的生活。

　　很快，女孩结婚的消息传来，小伙子听说后虽然伤心却无可奈何。后来，小伙子也遇到了适合结婚的对象。婚后的两人依然保持着朋友般的联系，而且多年的感情已让他们将彼此当作可以倾诉心声的知己。其实两人的婚姻都不算幸福，特别是小伙子，时间越长，越发现自己爱的还是苏格兰女孩，终究他没有逃过七年之痒，选择了离婚。当女孩，此时的妻子、母亲得知他离婚后，虽然心动，但为了孩子和家庭还是放弃了自己的爱情。

男孩从此独身一人，等着他的苏格兰女孩，一等就是三十年。男孩变成了我眼前这位开出租的老人。他曾经去苏格兰看望过女孩，虽然她也已经老去，但在老爷爷的眼里她依然美丽迷人。一年前，女孩的丈夫去世了，两个孩子已经独立，在孩子们的支持下，她终于决定回到新西兰，与老爷爷共度余生。

老爷爷讲到这里，激动得有些哽咽，他说等了三十年，总算是等到了。

我问老爷爷："你会不会后悔当年没有留住她？"

老爷爷说："以前的事情就不要再提了，要往前看，一切都来得及，能和她在一起，我觉得我的人生才刚刚开始！"

说这句话的时候，老爷爷的表情如同一个热恋中的少年。

临下车时老爷爷问我："你遇到真爱了吗？"

我摇摇头："我太年轻，还不知道呢。"

最后，老爷爷很认真地对我说："总有一天你会知道谁是你的真爱，记住我的故事，好好珍惜，你会幸福的！"

如今，我坐在杜巴广场上想起"丘比特爷爷"的故事。三十年，与我年龄一般长的岁月，真的可以等那么久吗？爱一个人，真的可以如此深刻吗？此时此刻的我是否遇到了真爱？还是已经错过？

自从结婚以后，我一直隐隐感觉"丘比特爷爷"的故事像是个魔咒，我和Julian也会如他们一般，三十年后各自解脱，终成眷属，听起来似乎无限悲伤，但历经岁月等待后的good ending又是至大的安慰。

转回头才不过几年，我已经又是一个人，时间轮转远比我想象中要快太多。没有哪一个故事可以复制，也没有哪一种魔咒必定应验。

临近正午，天空湛蓝，太阳暴晒，人们都躲进阴凉处避暑，广场上变得空空荡荡。我也找了一角屋檐，坐在檐下的台阶上，戴上耳机，那首歌是梁晓雪的*I Wish You Come Before I am Getting Old*：

I wish I am an eagle, fly to the mountain's high,

我希望自己是只老鹰，翱翔在山巅，

I just wanna see, all people everywhere.

我只是想看看生活在世界各地的人们。

Then, I see a couple who are kissing on the road,

后来，我看见一对情侣在街角亲吻，

And I realized I got no one to be with.

突然发现自己却无人相伴。

One day I will be old, my teeth will be falling off,

老去的时候，我的牙齿应该已经脱落，

But I still can talk, tell the story from my own.

但是我依然可以讲述自己的故事。

I want you just stay, to keep me warm at home,

我想你的守护能够让家里温暖，

Then I realized I got nothing at all.

突然发现自己却一无所有。

Now, see the sky, it's snowing by my side,

你看，我这里的天空开始飘雪，

I am hoping one day I could hold you tight.

我多么希望有一天能够紧紧抱住你。

Now, see the sky, it's crying by my side,

你看，我这里的天空开始落泪了，

I wish you come before I am getting old.

我多么希望在老去之前你能到来。

以前听这首歌，感觉荒凉中透出一丝希望。可是现在，在这座似乎被时间遗忘也被整个世界遗忘的古老广场上，残破的情绪伴着寂寞的哼唱令我的故作潇洒和假装坚强彻底崩溃，一个人坐在台阶上旁若无人地号啕大哭……

是的，我周游了世界，经历了精彩无数，却再也回不到你身边。

不知过了多久，感觉有人拍我的肩膀："Are you ok?"

我抬头望去，泪眼模糊中是一位当地的少年，我难过地摇摇头。

他是附近唐卡学校的学生，午休的时候正好路过这里："你是不是失恋了？"

我哭得没有力气讲话，只能微微地点点头。

"可怜的女孩，没有关系，你身后就是月老庙，赶紧起来拜一拜吧，很灵的。"

我有点儿诧异，自己竟坐在月老庙门口伤心地抹眼泪，也许这就是天意吧。跟随着少年的指引，我转过身面向月老神祇，虔诚地鞠躬，三次。

人在最无助的时候，总会有神灵出现，帮助你渡过难关。

我祈求月老，在我老去之前，让他出现吧！

离你最近的地方，
路途最遥远

感情失魂落魄许多年，在蓝毗尼的菩提树下听苦行僧布道，关于灵魂、家庭、朋友、事业……他说，孩子，你的感情不在这里，佛祖不肯收留。你要做的是学会接纳自己，爱自己。

真的会有来世吗

帕斯帕提那神庙（Pashupatinath）位于加都泰米尔区以东环城公路边，紧邻机场，是尼泊尔最大的印度教神庙，也是南亚地区供奉湿婆神的四大神庙之一。Pashu为"众生"，Pati为"主"，众生之主是湿婆神的其中一个化身。神庙建在巴格马蒂河西岸，这条河最终汇入印度教的圣河——恒河，尼泊尔人心目中最圣洁的河流。帕斯帕提那神庙最为著名的是在此举行印度教的火葬仪式，因此也被称为"烧尸庙"。

清早，我来到巴格马蒂河边，观看河对岸烧尸庙前的火葬仪式。神庙前沿岸有十个烧尸台，上游还有两个独立的，据说是仅供当地的贵族使用。

此时，已经有三个台子在"呼呼"冒着浓烟，尸体被埋在烟雾中看得并不真切。又有一家人刚刚来到神庙，开始准备火葬仪式。整个家族男男女女、老老小小有三十多人，簇拥着一具用黄金绸缎包裹的尸体，尸体周围布满橙色的鲜花和鲜红的蒂卡粉，与中国葬礼的黑白不同，印度教葬礼的颜色明艳绚丽。

负责葬礼工作的是寺庙等级最低的首陀罗，他先将裹尸布的一端揭开，露出逝者的头，亲人们看到已故亲人的脸时，瞬间哭声震天。僧人开始做法事，类似于超度的诵经。法事之后，将包裹好的尸体放在沿河倾斜的石板上，僧人和家中的男子又将尸体的另一端揭开，露出脚来，用河水把逝者的脚洗一洗，然后将尸体抬到烧尸台搭好的木堆上开始燃烧。在梵音缭绕间，在亲友们的祝祷中，逝者在大火中涅槃，最后骨灰被撒入河中，飘然离去。

当地的向导告诉我，洗脚象征着这个人在这一世所发生过的一切都被冲洗干净，灵魂清零，而人们之所以把骨灰撒入河中，是因为河水会将逝者的灵魂带去恒河而不需要进入轮回，直接上天堂。

不论藏传佛教还是印度教，都相信轮回、前世和来世。死亡不过是重生的前奏，灵魂则会一直在漫长的轮回之路上，而出生或死亡只是生命长河中的中转站罢了。

在河边几个小时，我静静地看着熊熊大火将陌生人一点点地燃成灰烬，这时候亲朋们已经陆续散去，最后首陀罗将这堆燃尽的骨灰一铲铲地撒入河中。

一个生命，结束了。

真的会有来世吗？

想起婚礼结束后，我送Julian去机场，在出租车上我一直不停地掉眼泪却说不出一句话，我知道我心里有对他说不尽的思念和愧疚，也知道在这样的时刻我只能选择沉默沉默再沉默。我扭头看着窗外不想让他察觉出我的悲伤，我努力让已经成为别人妻子的自己看起来得体有分寸，我努力着不让任何人猜出我的心事，包括坐在我身边的Julian。进闸口前，我们已不再是五年前难分难舍的小情侣，但内心的煎熬却更胜从前。彼此间身份的交错让这一别后的再见遥遥无期，可是，我微笑着轻轻地拥抱Julian，说了我最不想说的那一句"再见"。

走进闸口他突然转头，我已经听不清他说什么，但从他一字一句地开合的嘴形中我不难猜出他在对我承诺："下辈子我一定娶你！"

我想他看不见我藏在微笑中双眼的闪闪泪光。

虽然对佛教的因果轮回深信不疑，但当生命终结的过程如此真切地呈现在我眼前时，我突然心惊，就算下辈子许给了他，可这辈子几十年的光景，在生命终结前，我该如何去度过呢？

从加德满都坐车到奇旺，短短120多公里的路程，却开了近六个小时，车子在崎岖的山路上爬行，没有一刻是平稳的。同行的几位旅友或在车上睡觉，或目不转睛地盯着前方路况。我靠着车窗，戴着耳机，被车子颠簸着有些困意却无法入睡，起伏不安却不知尽头，再没有比现在更适合让我沉溺于回忆的时刻了。

　　仔细想想，离开Julian后，我的心并没有修整好，而是一直停留在惠灵顿。在北京的生活忙碌到甚至有些麻木，我不负责任地跟子楷结婚又选择离开，我从未付出过真情又怎会收获美满？我不得不承认，自己其实一直躲在Julian曾经给我创造的爱情童话里，不肯走出来。是我一厢情愿不想从过去的美好中走出来，在看似完整的表面下其实那颗心还没有准备好去面对新的感情，更不要说有勇气再去真心爱别人。可是，再动人的童话都是虚构的，再美好的梦境也终要醒来，就像现在，此时此刻，我不能安稳踏实地睡一觉，却可以在半梦半醒间看清自己。

　　就在耳边又响起小野丽莎翻唱的*Country Road*时，奇旺在我眼前展现了歌中的乡村生活——清新的空气夹杂着泥土的味道，泥泞的道路两旁是被花树掩映的农舍，不远处的金色稻田一望无际，天际间隐约还能看见青色大山的轮廓，云朵停留在澄蓝的天空，不一会儿，云端下的世界被分割成了清晰和模糊的两面，那是雨的横切面……

　　别小看奇旺这个地方，1984年这里被联合国教科文组织列为世界自然遗产，是旅行者们十分推崇的"亚洲第一自然公园"。无论是坐独木舟与河里的鳄鱼同游，还是丛林徒步时偶遇鹿群和猴子，人与动物的距离却被无限拉近，即使在酒店的房间里也少不了青蛙和壁虎的相伴。如果是在国内，我可能早就无法忍受它们了，可在这里反而放宽心与它们和平相处，也许这就是回归自然释放天性吧，整个人也变得随性轻松起来，况且这里本就属于它们，我才是过客。

在奇旺，最棒的要数坐在象背上深入丛林探险，相比之下，泰国的骑象游可太小儿科了。首先，奇旺的大象没有任何华丽的修饰，就连象背上的座椅也是简易的木头框子，四人分坐在框里的每一角；其次，骑行的时间一般为两个小时起，如此长时间的行进，人需要随着大象的步伐不断调整坐姿和摆动的韵律，自然谈不上舒适。尽管如此，也只有大象才能够带我们到达人类无法轻易涉足的地方。丛林深处无路可循，地面覆盖着各种植被和泥泞的水滩，茂密的桫椤树林将天空遮蔽得密不透光，耳边却不时传来鸟叫声和飞虫的振翅声，听上去已经有些恐怖。

如果独自进入丛林，我很难想象自己可以活着走出来。说来也奇怪，之前在丛林边缘徒步的时候，动物见到我们都会仓皇地逃走，而当我们待在象背上时，动物们就视而不见了，鹿儿在矮树下喁喁私语，仿佛在谈情说爱，猴子们悠闲地在树间荡来荡去，最大的收获莫过于看到一头小犀牛在水塘里发呆，心事重重。这是我第一次如此近距离地和大型的野兽接近，也许是看到我们被困在木框子里，小犀牛对我们的长枪短炮一点儿都不害怕，还露出笑脸供我们拍照和观赏。

当大象即将带我们走出丛林的时候，树木变得稀疏起来，我仰望天空，阳光星星点点地从树枝的缝隙间射进来，日光和树影交织成一段梦幻的影像，我无意识地将手伸向树的顶端，仿佛这样就可以抓住偷跑进来的阳光。瞬间，我感觉自己又回到了Julian的车里，我们穿行在北岛的乡间，公路旁一排笔直的树林将太阳挡住，透出光影的片段，我将手伸到窗外触碰阳光，那样贴近却又遥不可及。

　　时间，总是在我试图想要握紧的时候匆匆从指缝溜掉，从来不给我挽留的机会。

　　临近黄昏，主人们纷纷领着各自的大象的到村边的长河里洗澡，我好奇地随着他们一起过去观看。下午驮我的那头大象的主人认出了我，热情地邀请我随着他的象一起去河里嬉水。我犹豫了一下，在当地小伙子们的起哄下，还是爽快地答应了。此时的大象背上光溜溜的，什么都没有，它温驯地跪在地上等我爬到它的背上来。待我被大象主人连推带扛地送上了象背后，它才十分贴心地缓缓起身。因为没有任何东西可以抓扶，骤然离地三四米高着实让我吓了一跳，只能小心翼翼地整个人趴在象背上，动也不敢动。我明显感觉大象比白天走得更加小心，缓慢地带着我移动到了河里。

　　直到双脚可以触碰到河水，我才稍稍放松，直起腰来。可是，还未来得及舒上一口气，一瓢水就浇到了我身上让我成了落汤鸡。原来大象已经迫不及待地开始洗澡了。大象用鼻子吸水的速度快得令人难以想

我深深地感受着它的灵性，
它分明是在帮助我冲洗记忆

象，每隔三五秒钟一鼻管水就直冲我泼了过来，水量大得简直都要把我从象背上冲下去，从头到脚的清凉。这时候我已经顾不上什么形象了，只想着要保持一个平衡的姿势，别从象背上滑到河里才好。

刚开始我以为大象只是象征性地撩水逗我开心一下就完了，谁知道它竟然没有停下的意思，这一泼一泼的河水浇得我无处躲藏，淋漓痛快地欢笑着，连眼泪都随着河水流了出来。依偎在大象背上，和它零距离地接触，我深深地感受着它的灵性，它分明是在帮助我冲洗记忆。每一泼水从头到脚地浇下，脑海中的某些片段都会随着水一起流入河中；每一泼水从头到脚地冲刷，都会冲淡他对我说的某一句刻骨铭心的话；每一泼水从头到脚地清洗，都使我被太多回忆包裹住的心得到洗涤和解脱。终于，大象洗不动停了下来，而我已经在它赐予我的洗礼中得到了重生！

它把我送回岸上，向导有些担心，因为这次大象洗澡的时间比平时长了一倍，他真怕我在象背上吃不消。再看到我在象背上哭哭笑笑，泪水和河水早已将我的妆冲花，眼线液和睫毛膏被冲得一塌糊涂，留着两条黑黑的泪线挂在脸上。向导看着我疯癫的样子，惊讶了一下然后哈哈大笑。

大象半跪在地上让我下来，我跳下来用整个身体拥抱它。

我冲向导和大象主人笑着说："它真棒，把我洗得很干净！"但其实裤子上都是泥。我知道，干净的是我的心。

*Eat Pray Love*中Elizabeth在印度的佛教道场灵修，并在那里真正地和过去告别，找回自己。我一直渴望自己能够如她般在某块灵静之地感悟生命。这愿望带领我来到了蓝毗尼，释迦牟尼的出生地。

蓝毗尼位于尼泊尔和印度的交界处，是世界最重要的佛教圣地之一。相传公元前624年四月初八释迦牟尼诞生于蓝毗尼的一棵婆罗双树下，可惜那棵树早已枯死，取而代之的是佛祖亲手种下的菩提树。如今这棵参天菩提已经成为蓝毗尼的标志，每天都有来自世界各地的信徒在这树下参悟膜拜。

暂时告别了几位新结识的旅伴，我一个人坐了五个多小时的长途车，来到了这片神圣之地，在师父的引荐下，顺利住进了寺院，开始了短暂的修行生活。

寺院的生活简单清苦，对于我这个住惯了酒店、吃惯了美食、挑剔细节的女孩来说肯定会不适应。睡的不再是什么"天梦之床"，而是寺院地板上十几个人的通铺；吃的不再是龙虾牛排，而是毫无烹饪技巧可言的米粥青菜；不能再睡到自然醒，每天5点就要起来上早课；白天38摄氏度的高温下随着其他修行者一起在圣城念经绕圈，晚饭后还要打坐冥想两个小时；在这里，没有网络，没有手机，更没有任何社交圈。

自从被大象"洗礼"后，Julian已经很少出现在我的脑海中，我的心被冲洗干净的同时也仿佛被掏空了，突然间没什么人可以惦记，心里空荡荡的，打不起精神。这么艰苦的生活，按照我以前的娇气，也许一天都熬不下去，可是现在的我却逆来顺受，似乎再糟糕的生活条件也无所谓，周围的一切都与我无关。果然是"当一天和尚撞一天钟"。

与此同时，我自动关闭了社交触角，极少与周围的人交流，只是偶尔跟师父聊聊佛学，常常一个人出神，脑袋出现间歇性地断电，对眼前的一切不再感兴趣。

一天下午，我坐在当年佛祖亲自栽种的菩提树下出神，一位苦行僧坐到了我的身旁，他骨瘦如柴，身披金色的袈裟，脸上涂满了橙色、白色和红色的油彩。

苦行僧竟然会讲英文："孩子，你看起来不快乐？"

"真的吗？我想我是有些迷失吧。"我愣了一会儿，开始对着这位陌生的苦行僧讲了我和Julian的故事，现在想来那也许是我的一场喃喃自语。

"孩子，你的灵魂早已经溜走了，你该把她找回来。"苦行僧听完后对我说。

"我的灵魂不是一直都在自己的身体里吗？怎么会溜走呢？"我不太明白。"人的灵魂也不一定一直都在自己的身体里面，如果你经常忽略她，她就会离开你。孩子，你应该先让自己的灵魂回家。"他并没有看着我，一双眼睛望着前方，"你有多久没有跟自己对话了？你有多久没有感知过自己的心？她是否安宁平静？仔细回想下那些不安宁的瞬间，原因是什么？这个世界上很多人都是如机器一般地活着，日复一日，根本不知道有灵魂的存在。

"灵魂"是什么？灵魂就是心的灵性，有灵魂的人会勇敢而坚定地清楚自己在做什么。"

"可是，如果完全按照自己的意愿去生活，人会不会变得太自私太自我了呢？"我疑惑地问。

"其实一个人的灵魂并不会完全在自己身上，它会散落到其他事情或其他人身上。"苦行僧继续说，"比如你的灵魂有很大一部分在爱人身上，可惜他现在爱的是别人，你的灵魂不再被他接收了，于是你就会变成现在这般失魂落魄的样子。所以，孩子你应该学着去看到更多的事情，比如你的家人、工作、兴趣，要学会去帮助别人，哪怕他是陌生人，只有这样，你的内心才会获得安宁，才能和灵魂更好地沟通，一切皆需平衡。"

　　苦行僧离开之后，我一个人在树下坐了许久。我似乎越来越明白：这么多年来我的努力我的付出都是为了证明自己很棒，这样做并不是因为我热爱它而是我太在意别人的眼光，我希望别人觉得我很能干，我一直活在别人的眼睛里。我曾经自私地需要一个假想伴侣来支持并不强大的我放弃旧爱。如今，当占据了整个灵魂的Julian从我的心里走出去，当我的灵魂住回来时，我产生了巨大的恐惧。我自知并没有那么强大去面

对未知的一切，于是我选择了逃避，我多想在蓝毗尼把自己藏起来。

没想到，离你最近的地方，路途最遥远。

但是，即使那路途再遥远再曲折，蓝毗尼的佛祖已经教会我要勇敢面对，尤其是当我需要坦诚面对自己的软弱与自私时，我更需要勇气，需要把自己找回来。

不要急，

等风来

我不是要等一部游记小说的跋山涉水，也不是要等一部爱情电影的
治愈重生，我要等的是能将我抛起、扔向未知的勇气。
教练告诉我要抓紧手环，放松心情，睁大眼睛，平稳呼吸。我告诉
自己：冲吧！尽情去飞，没什么能让你害怕，也没什么能阻挡你！

博卡拉，依山傍湖，宁静美丽，被称为东方"小瑞士"。虽然不及欧洲小镇那般精致，但无论是自然环境还是硬件设施，这里已经符合度假胜地的基本条件了，和加德满都相比，简直不像是在同一个国度。

我和几位旅友顺利在博卡拉会合，相约一起去著名的Poon山看日出。

等待日出和守候日落一直是我旅行中的重要节目，因为在太阳出现或消失的那段光景，天色总会呈现出最迷人的姿态，云霞变幻中那轮红日往往被定格成行程中最难忘的画面。

土耳其的卡帕多奇亚是我们的四驱越野车司机，一路载着我和旅伴们疯狂地在月球表面般的神奇陆地上狂奔，为了追赶落日，车子冲锋到山丘的制高点，阳光在山肩画出一道分明的界线，我们跳下车，不顾一切地往山顶狂奔，终于气喘吁吁地跑到日界线另外一侧，抬起头，那橙色的夕阳正从对面的丘陵间缓缓落下……美得令人窒息。

凌晨四点，睡眼惺忪的我们晃着还没睡醒的脑袋钻进酒店租的车，一路向山区开进。四周漆黑一片，只依稀可见夜空中零零散散的星光，偶尔路过山村里的农舍，在黑暗中模糊地勾勒出些许轮廓，除了车子发动机的声音，周围安静极了。大概40分钟后，一直在山间爬行的车子停在了Poon山的山顶，一家孤零零的农舍却有着专门为观赏日出而搭建的独一无二的观景露台。

　　Poon山海拔3000多米，从山顶俯瞰，在晨雾中依稀能够看到整个费瓦湖（Fewa Lake）的轮廓和湖边博卡拉镇上几处一直没有熄灭的灯光，那么遥远。Poon山周围是巍峨连绵的雪山，世界上海拔8000米以上的山峰只有14座，此刻在我们视线内出现的就有8座，果然是一场雪山盛宴。期待着太阳从雪山之间升起，将冰冷的山峰勾勒出赤霞色的轮廓，连绵的白雪皑皑的山脉披上金色的盛装，只是想想都令人振奋。

　　我们一字排开坐在露台的藤椅上，虽然是7月的盛夏，但山区的早晨依旧寒冷，当地的山民妈妈为我们披上手工织毯，脑袋昏沉沉的我们裹着毯子半躺在椅子上，尽量保持起床前的姿势和温度，大家都很安静，默默地等待着。

　　天空一点儿一点儿开始放亮，山脚下的村庄、稻田、河流和湖畔原本是墨蓝色的模糊片，随着天光慢慢变得清晰起来，茜草红、薄荷绿、奶油黄和浅葱蓝……像打散了的色板在眼前晕染。寂静的山区不再只有飞虫振翅的微弱声响，在天色的转变中渐渐热闹起来，公鸡打鸣、看家护院的小狗吠叫、鸟儿清脆地鸣叫……

　　我的身体也渐渐苏醒，在山间的清风中打着冷战。尼泊尔老妈妈贴心地递给我一杯热咖啡，虽然只是最普通的速溶咖啡，糖放多了且奶

有那么一瞬间我几乎忘了为什么要来到这里，在等待着什么

香不足，但咖啡的温暖和可可的醇香还是在瞬间安抚了我身体的每一个毛孔。

我开始放松下来，享受着这个完美的清晨，大自然的壮美风景调和着咖啡的味道，有那么一瞬间我几乎忘了为什么要来到这里，在等待着什么。

这时候，天空已经发白，鱼鳞状的云层将雪山顶峰挡住，只能看到山肩若隐若现的雪线，阳光透过云层，几缕金线穿射进来，照得白雪闪闪发光。

可惜云层太厚，太阳躲在后面迟迟不肯露面，只能看到勾勒云层的金色的"幸福线"。太阳越升越高，看来这个日出已经注定错过。

身边的伙伴开始抱怨："白白起了个大早，还在山里冻了一个多小时，真是扫兴！"如果在以前听到别人这么说，我一定会跟着生气和沮丧。可是，这一刻，我却完全没有把这样的话放在心里，而是一个人慢慢回味着这个早晨带给人的愉悦和安宁。

其实，能够在喜马拉雅山前用心欣赏由黑暗到光明开始的全过程，已经何其幸运，多少人看日出日落只是为了一个结果，却错过了享受天光变幻的美妙过程？

莫忘初心。

如同我们做事一样，过于追求结果而错过其中的快乐，结果一旦偏离预期，便会将之前的努力全盘否定，失望不已。可如果停止或者减少单方面对结果的想象，拿出平常心，也许事情就会出现意想不到的惊喜，正如今天早晨，我没有看到曙光万丈的雪山日出，却收获了此生最有情怀的一杯咖啡。

据说博卡拉有世界上最好的徒步路线，3～15天长度不等。对很多旅行者来说，并没有能力攀登珠穆朗玛峰，但能够在珠峰周边的山脉里生活几天，把自己纯粹地融入大自然，也算得上是朝圣了。

从Poon山下来后，旅伴们都赶回酒店睡回笼觉去了，我央求导游AJ给我安排一天的徒步行程。AJ是我们在博卡拉雇的导游，一个有点儿害羞却十分细心体贴的中年男人。

AJ认真地想了想："一天的时间徒步，到哪里都是不够用的，这样吧，带你去我们村子逛一逛，那里没有游客，而且风景很美。"

我开心地点点头，能够去大多数旅行者到不了的地方，拥有独一无二的经历，这才是旅行中最棒的事情。

　　AJ开车载着我往山区开进，进山前，他将车子停到了一个小商店门口："我们一起去买些糖果和文具带上山吧，村子里的孩子会很高兴的。"我毫不犹豫地将整个商店的巧克力和文具几乎买光。带着两大袋礼物，我们往大山深处开去。

　　这条山路和Poon山相似，只不过更加曲折和陡峭，经过了层层梯田的农庄、站立着稻草人的稻场和茂密的森林，两个多小时，翻越了四五座高山后，我们终于到达了在山顶平原建造的村庄，AJ告诉我如果徒步从博卡拉走到这里，至少要三天的时间。

　　我们刚下车，就看见村口几个四五岁大的孩子朝我们跑过来。AJ告诉我，他们村子不常有外人到访，唯一的交通工具就是长途巴士，也不是每天都能过来，村子很闭塞，像我这样的外国人，一年也来不了十位，因此孩子们见到我都觉得很稀奇。

　　我提着两人袋子的糖果和文具，像圣诞老人一样分发给孩子们。孩子们拿到礼物异常兴奋，奔跑着回村子里去招呼更多的小伙伴。很快，我就被十几个孩子团团围住，几乎寸步难移。山里的孩子非常单纯，拿到礼物的孩子绝不会趁乱再多要一份，有个孩子甚至是光着脚跑了半个村子，追上我们，只是为了帮没有拿到礼物的小伙伴要一块巧克力。

　　临近中午，AJ带我去他家做客。村子里多是灰黄色的砖土房，屋外便是牛羊圈和稻田，很多房子还没有通电。因为没有电，穷人家的晚饭时间都比较早，赶在天黑前，7点多天刚黑下来人们就准备睡觉了。因为AJ是村子里为数不多会讲英文的人，所以他的收入自然在村子里算相对比较高的，他的家是一栋两层楼的砖房，房子的墙壁涂成了明快的浅蓝色，很有西方乡村别墅的味道。

AJ有三个孩子，两个女儿一个儿子，小儿子刚刚出生才五天，我想怪不得他会把我带回来，一定也是想趁机回家看看妻儿。外面看来很洋气的蓝房子，屋里的条件还是很差的，三十多摄氏度的高温，别说空调了，连风扇也没有。AJ的妻子半躺在木板床上，门虚掩着，屋子里弥漫着一股奶腥味。按照中国的习俗，我塞给AJ妻子一个红包，算是给他小儿子的见面礼。

AJ的父母同他们住在一起，七十多岁的老妈妈身体很好，儿子忙工作，老妈妈便承担起照顾儿媳和小孙子的重任。看我这个远客到来，老妈妈用柴火点灶烧水，为我煮红茶喝。

我和AJ一起坐在院子里喝茶。他的大女儿听说爸爸回来了，便趁学校午休的时间跑回家来。可能是因为营养跟不上，八岁的女孩子个子很小，看起来只有五六岁的样子。她有点儿羞涩地邀请我去学校看看。

三百多人的村子里只有一所学校，条件非常简陋，只有两间教室，说是教室，其实就是用草席搭的棚子，没门没窗。学校最好的设施是由新西兰政府捐赠的图书阅览室，里面有两百多本图书，英文书籍占了一半。听说学校来了外国人，"校长"亲自出来接待我，其实学校只有这一位老师："我们这里一共有36个学生，最小的6岁，最大的15岁，我负责教英文、数学和文化课，所有学生免学费，都是靠各国慈善组织的捐赠。""校长"用蹩脚的英文一字一句地向我介绍，"你英文这么好，既然来了，就给我们的孩子上一节英文课吧。"

"校长"边说边把我带进教室。

我来不及拒绝，已经被带进了教室，望着孩子们清澈的眼神，闪烁着单纯好奇的亮光。说实话，虽然只是面对三十多个孩子，但我还是很紧张，这可是我第一次站在讲台上给别人上课。

简单地自我介绍完，我有些小心翼翼地跟孩子们说这节课没有固定内容，你们可以随便向我发问。也许是英文水平有限，孩子们望着我只是害羞地笑着。

"好吧，那就换我来问你们。"为了避免冷场，我开始发问，"你们的愿望是什么？"

"去博卡拉。"

原来，给予是如此美妙

"当导游。"

"家里能有电视机。"

……

真的没有想到，一天车程便能往返的地方，山顶的孩子们十几岁了竟然都没有去过！

"你是从哪里来的呢？都去过哪里？"想去博卡拉的孩子问我。

我在教室里挂着的世界地图上找到了北京，从地图上看我们之间的距离并不遥远。孩子们认真地听着我给他们讲述我去过的那些地方，从他们懵懂的眼神中我看得出此刻的他们并没有完全听懂，甚至无法想象那些他们不曾去过的地方，可是我希望给他们一个更大的梦，鼓励他们长大以后走出去，看看这个世界。

没想到这节英文课竟然上了一个多小时，AJ催促着我，准备返程。刚坐上吉普车，就看到全部的孩子都跑出来送我，尽管只有短短一个小时的相处，但很多孩子都悄悄掉了眼泪。看着孩子们一直向我挥手，直到从我的视线里消失，一种说不出来的感动让我感觉很窝心。

原来，给予是如此美妙，好像将自己的心散布出去一些，整个人都变得轻盈起来，呼吸也更加平顺，这种满足是吃一顿大餐或买一只名牌包完全无法比拟的愉悦。

我第一次真切地感受到，爱其实可以更广阔；我会深爱一个男人，会好好地爱自己，永远地爱家人，同时也可以无条件地去爱萍水相逢的陌生人，因他们的获得而感到无比喜悦。

我激动地对AJ说，感谢他给了我这么一次特殊的徒步经历，感谢他带给我的心灵震撼和满足，这远比去追寻那些明信片上的风景更有意义。

博卡拉不仅拥有世界上最美的徒步路线，还是滑翔伞的胜地，山间湖畔的独特气流造就了得天独厚的滑翔条件，每天清晨都能看见上百支彩色的滑翔伞在空中盘旋，无比绚丽。看着他们在天空自由地飘过，我这个连站在陡峭台阶上都会紧张恐高的人突然也有了飞翔的冲动。

在两位旅伴的怂恿下，一大早我们坐上滑翔伞公司负责接送的吉普车，前往Poon山旁边一座更高的山，准备我的第一次飞翔。四十多分钟的山路颠簸陡峭，车子一直攀爬到半山一片如刀切般平坦的草坪上，草坪的尽头便是1800米高的悬崖，这里是滑翔伞最佳的起飞地点。我们到达时，山坡上已经聚集了十几个人，大部分都和我们一样是第一次玩滑翔伞。每位游客都有一位教练在身边，既安全又省心。

　　电影《等风来》中有一段关于滑翔伞的描述：站在山顶，不要急，等风来，再一跃而起，去收获最美的风景。那种宁静和放慢步伐的感觉也是当时渴望从繁忙的生活中抽身的我所期待的。

　　其实起飞前的场面并没有小说中描述的那样唯美，十几个人由领队分配好各自的教练，然后排好顺序，快速而有序地依次起飞，风向完美，容不得片刻感慨和等待。

　　我的教练Sankar是个黑黑酷酷的夏尔巴人，他用熟练的英文跟我讲解滑翔伞的原理和各个安全装置环节，边说边往我身上套上飞行装置，戴上安全帽，绑好安全带，随着七八次"咔咔"声，安全扣环连接完毕，我突然回想起了似曾相识的情景。

　　同样是那"咔咔"的扣环声，六年前的Queenstown（皇后镇），我和Julian一起站在世界上第一个开始蹦极的桥上。为了完成我的蹦极梦想，工作人员将我们绑在一起。刚站在桥头的时候，我还跟他开着玩笑，说这是很老土的"You jump, I jump（你跳，我也跳）"桥段，他抱着我吻了下额头，说："Are you ready baby, we are going to jump together!（准备好了吗，宝贝，我们会一起跳！）"我下意识地往脚下望去，49米的高度听起来并不算什么，但是真正看下去，山谷之间十多米宽的河水湍湍流淌，在稍远处的下游泛起白浪，还是令人头晕目眩。

万一我们的绳子断掉了怎么办？

万一我们俩一头扎到河水里怎么办？

万一我们跳下去反弹的时候绳子缠住脖子怎么办？

我的脑海里全都是电影《死神来了》之蹦极版的可怕画面。我不由自主地开始发抖，害怕极了，我无法想象一跃而下的瞬间会是怎样的情景。

Julian察觉到了我的恐惧，紧紧地抱着我，安慰我放轻松。可是，我却越来越无法平静，为了完成这个可有可无的愿望，万一出事了还把Julian拉着一起陪葬，对他太不公平了。就在工作人员示意准备往下跳的那一刻，胡思乱想的我突然蹲下，双手紧紧攥住离自己最近的栏杆，大声喊："I can't！I can't！I can't！"

那一次，我放弃了蹦极；在此之后，我也放弃了Julian。

安全扣"咔咔"的声音再次唤醒了我当年的恐惧和胆怯，何况这次不是49米，而是1800米的山谷；不是1分钟的极限，而是40分钟的飞翔；没有Julian的相伴，只有我一个人！

真的可以吗？

看着身边的伙伴相继奔向悬崖，顺利起飞，马上就轮到我了，还有时间反悔吗？

Sankar教练告诉我："抓紧手环，放松心情，睁大眼睛，平稳呼吸，用最快的速度向前奔跑。"

我问："And then（之后呢）？"

他扬起嘴角："You will see…（你看吧……）"

我深吸一口气，告诉自己：冲吧！尽情去飞，没什么能让你害怕，也没什么能阻挡你！

随着协调员的举手示意，我和Sankar开始快速地向山崖奔去，双脚临空的瞬间，我以为会随着重力坠落，但一股强大的力量将我稳稳地托起，快速上升，我回头望了下刚才起跑的山崖，已经距离我越来越远了，陆续奔跑起飞的人们也已变得越来越小。

我真的飞起来啦！

飞翔的感觉真的太好了！眼前的美景和站在山顶眺望完全不同，只有在空中才能够看到：自己仿佛与周围的雪山和白云平行，远处的费瓦湖如一块静谧的美玉，近处半山上的农舍渺小似乐高玩具，半空中十几个滑翔伞仿佛漫天飞舞的花瓣。

我真切地感受到耳畔阵阵的气流呼啸，老鹰就在我的脚下盘旋，伸手持风，呼吸畅快，全身心都融入了天空。2000多米的高空中，我终于体会到徐志摩《云游》中描绘的感觉：

那天你翩翩的在空际云游，

自在，轻盈，你本不想停留

在天的那方或地的那角，

你的愉快是无阻拦的逍遥……

是的，无阻拦的逍遥！

从雪山巅飞到了半山的梯田畔，再飞到小镇的上空，我完全沉醉在飞翔的幻境之中。

Sankar突然问我："要不要来点儿刺激的？"

我不假思索道："好啊！"

于是Sankar将滑翔伞掉转方向飞往费瓦湖，湖面的气流没有那么平顺，我能够强烈感受到滑翔伞随风吹起的摇摆，我们呈45度地盘旋，感觉有点儿像过山车，但落差高度是过山车所无法比拟。此时的我，早已超越了恐惧，甚至有些上瘾，随着飞翔的摇摆欢呼着、大笑着。慢慢地，滑翔伞距离湖面越来越近，从湖面掠过，我的脚尖几乎可以触碰到水面，然后，我们平稳地着陆在了湖边的一片平滩上。

当我重返地面，站在湖边，抬头仰望天空，有些回不过神来。我真的克服了恐高，在天空翱翔，那以后还有什么事情能够让自己无措和迷失呢？

未来也许充满了变故，但同时会有更多未知的精彩！

正如我站在悬崖边上时，根本没有时间想跑出去之后会发生什么，而是集中精神铆足了劲儿向前奔跑，结果却经历了人生至今最棒的一次冒险和第一次完美的飞翔。关于未来，我不再去幻想或担忧，因为即将邂逅的一定是无法知晓的精彩，过多的揣测或预期只会让你的心因为未知的恐惧而退缩。我要做的是认定自己的方向，不假思索，全力以赴。

此时的我充满力量，是我，又不是原来那个我。我想，我是了不起的自己。我想，我已经把自己找回来了。

在世界的顶端，
放下自己

你看到的景色有多壮观，心胸就有多开阔，飞过珠峰，亲眼见过世界的顶端，一切都可以重新来过，我已不是从前的那个自己。

回到加德满都，旅行已经过了十多天。较之初到加都，我的心境早已大不相同。想想似乎只剩下了一个愿望还在脑子里反复盘旋。

酒店管家问我："明天早晨天气极好，适合飞行，要去吗？"

我坚定地点了点头。

飞越珠峰，是我在尼泊尔最后的梦想。

第二天，航空公司的车一早就在酒店门口等着我们。也许是因为等待我们的是一次特殊的飞行，大家都神采奕奕，眼睛里闪着满满的期待。

尼泊尔本地有五六家专业服务飞越珠峰的航空公司，同时他们也是世界上空难纪录最多的航空公司，绝美的风景总是要冒险才能看到。

20人的小飞机，即使坐在尾部我也可以清楚地看到机长和副驾的飞行操作。飞机上竟然还配了位空姐，为大家派送水、糖果和飞行手册。飞行手册上面详细介绍了此次飞行能够看到的一众雪山：海拔8000米以上的有四座，而7000米以上的更是多达十多座……珠峰介绍那页写着这样一句话：I did not climb Mt. Everest……but touched it with my heart!

也许此生我无法攀登珠峰，但我曾经用心来到过她的身边。

足矣。

飞机起飞后，加德满都的房屋很快变成了小土块，城市边沿的稻田也缩小成绿色的拼图，在环抱加都的墨色群山之上，飞机穿过云层仿佛进入了另外一个世界。云层之上，雪山依次排开，起初只是三三两两的山脊被白雪覆盖着，依稀得见峻峭棱角，慢慢地，喜马拉雅山脉的诸峰连成一片，雪线之上云雾绵延，磅礴得令人窒息。

我曾经在冬天去过《指环王》的拍摄地——新西兰南岛的国家公园，在白雪覆盖的群山冰川间待了十天，当时我还开玩笑说已经把这辈子的雪山都看够了。可是，此刻眼前的雄奇壮丽是此前所见过的任何风景也无法比拟的。

飞机上大家异常安静，被壮阔的景象震慑得不由自主地屏住呼吸，与群山巍峨相较，我们是那么渺小，已经几乎感觉不到自我的存在。

这时，空姐依次引导乘客逐个前来驾驶舱，由机长亲自介绍此次飞行。

当我来到机长身边时，眼前驾驶舱的视野更加开阔，前方白茫茫一片，几乎分不清哪片是云、哪片是雪，只依稀看到山顶和云海的轮廓。顺着机长的指引，我在云海雪原里看到了向往已久的珠峰。

　　1953年5月29日新西兰登山家埃德蒙·希拉里成功登顶珠峰，成为人类首位攀登珠峰的人，正因为这位曾经只是奥克兰养蜂人的惊世壮举，新西兰的5元纸币上一直都是珠峰和他的肖像。而对于我这个在新西兰生活了五年的人来说，珠峰的轮廓是再熟悉不过了。

　　珠峰矗立在群山之间，神圣静谧。在我看来，尽管比起周围连绵的雪山，珠峰也只是高出那么一些，但这份遗世独立却彰显出了属于她的王者气质，如女王般安静注视并庇佑着整个世界。

　　虽然飞机无法完全靠近珠峰，只是缓慢平稳地从她身边掠过，但坐在机舱中能够亲眼看到这亘古不变的稀有美景，我其实早已心满意足。真正与珠峰比高时，我才深刻地体会到人类的伟大，飞机从平地爬升了四十多分钟才能到达的高空，沿途极寒艰险，登山的行者是如何一步一步、一冰镐一冰镐地攀登上来的。他们用坚定的双脚和惊人的毅力见证了这山峦的无路可循，简直是不可思议！

　　那一刻，身在世界之巅，天地如此广阔，而我，不过是尘世中渺小的一粒沙，心中始终无法释怀的情事更是微不足道。

　　是啊，我已找不到更多的言语来形容此刻充盈在我心中的复杂感受，我知道没有什么事是不可以放下的。

一切都可以重新来过。

回酒店的路上，我顺路去了斯瓦扬布纳特寺（Swayambhunath），又名"四眼天神庙"。

建于公元前3世纪的斯瓦扬布纳特寺是尼泊尔为数不多的佛教寺庙，是亚洲最古老的佛教寺庙之一。寺庙主体是一座雄伟的舍利佛塔，纯白的塔基、金色的塔身、五彩的华盖和宝顶，可惜山区的天气多变，此时已是乌云密布，想象若是在阳光下，这佛塔一定更加金碧辉煌。塔身四面各绘一双巨大的佛眼，象征佛祖无上智慧，无所不见，故此得名"四眼天神庙"。慧眼之下还有一个红色的"问号"形符号，是尼泊尔数字"1"，代表佛祖的鼻子。虽然每个符号都有很庄严神圣的佛教渊源，但是在我看来，整个画面更像一幅萌萌的漫画，尤其这位嘟嘟嘴的佛祖真是可爱至极。

这双"萌"慧眼如今已经是尼泊尔的象征，而"斯瓦扬布"的寓意则是莲花的生长之处。

因为是藏传佛教，斯瓦扬布纳特寺的塔基和佛塔间挂满了五彩绚烂的经幡，寺庙周边都是独具藏族特色的建筑，彩色的砖墙尤为突出，许愿池、转经筒、石雕神像等也都极具藏传佛教特色。

按照之前在蓝毗尼修行的习惯，我左手持着佛珠，右手轻抚转经筒，顺时针开始转佛塔，不时经过磕长头的藏民和持许愿灯的信徒身边，心里只有从容和平静。

梵音缭绕，风吹动经幡，华盖宝顶直至云端，此刻，一束阳光从乌云间垂射进来，形成一道金色的光柱照耀到佛塔尖，佛塔与阳光交相辉映，神圣而绚烂。那一刻，我情不自禁地流下泪来，蓝毗尼师父的话就在耳边：人的心，本应该静如止水，只是太多的念头搅动，让心一直不得平静。而念头，犹如云朵一般，善念是白云，贪念则是乌云。无论是怎样的云，都会遮挡住太阳和蓝天，可是一旦放下执念，云朵自然便会散去，阳光终会照射进来。

我想，这时不自觉的眼泪也许就是经历过后的洗礼吧，内心挣扎的执念终于放手，同时放下的也是自己备受折磨的心，我想我已经找回最想要的宁静。

找回自己，重新启程。

又悲伤

又美好

是不是人一改变，记忆就显得分外迷人？

远远地，我看到Julian和他的未婚妻站在舞池的另一端，他英俊的

脸陌生又熟悉，我知道他还是我记忆中狠狠爱过的他，然而却不再

属于现在的我。

从尼泊尔刚回来，我还来不及整理刚刚结束的旅行生活，便被朋友拉去录制一档美食类的电视真人秀，我并不喜欢编导给我的定位——"来征婚的海归白富美"，反复斟酌了几次，还是没有抵挡住美食高手"过招"的诱惑，顶着"白富美"的大帽子登场了。

参赛选手大概分为三类：海归专业派、网络美食达人和普通家庭主妇。

节目录制的拍摄基地在机场附近，选手们都被安排住在周边的酒店里。每天一早班车把选手们送进剧组，午餐和晚餐都在拍摄基地的食堂里解决，培训和拍摄通告都排得满满当当的，辛苦自然不必说，但对于已经多年没有过集体生活又热爱美食的我们来说，这的确是一次非常有趣的体验，大家同吃同住，苦中作乐，仿佛回到了大学时代。

最初我是抱着一种玩票的心态进的剧组，可是一个星期的封闭培训下来，表演课、摆盘课、定造型、拍宣传片、抽签分组……包括我在内的全国"40强"选手都逐渐进入了比赛状态，心里想着如果赢不了"40进12强"的淘汰赛也太对不起自己这么多天的努力。

培训很快接近尾声，接下来就是令所有人紧张的淘汰赛了，我们这帮"假洋鬼子"和"真洋鬼子"决定在酒店开个小派对放松放松。

好友送来香槟、红酒、雪茄和奶酪，还有从培训课上顺出来的上好的新西兰羊排，拿去酒店旁边的烤串摊加工。

大家享受着美食和美酒，暂时忘记了比赛的压力，似乎结果变得并没那么重要，今朝有酒今朝醉才痛快。大家窃窃私语着剧组里的八卦，有模有样地讨论比赛设计的菜品，讲起每个人和美食结缘的故事，音乐随着房间里酒精浓度的提升而越来越响，我觉得自己有些醉了。

不知道是谁又递给我一杯酒，刚要端起来跟自己说句"加油"，手里的手机忽然响了，屏幕上出现了一张熟悉而少见的照片——Julian。

我的醉意瞬间消去了一半，本能地跑到安静的地方接电话："Hi，Julian？！"感觉脚下像踩着软绵绵的云彩。

"Hey Jessie！我刚到北京！"

"What？怎么突然来了？！"我瞬间酒醒了。

"我的女朋友没有来过中国，正好要回老家看奶奶，顺便也带她来玩玩。"Julian解释道，"我们在北京待三天，你有空吗？我想见你一面。"

"这次可能没有机会见面了……"我尽量平静地说，"最近我都在剧组录电视节目，不能随便出去，而且后天就要比赛了，我想应该也没时间见你了。"

"哦……那好吧……你好好比赛。本来以为很快就能见面的……"Julian言语中闪烁着遗憾。

挂断电话，我发觉自己已经走到了酒店的门口。

没有了醉意也没有了喧嚣，我一个人坐在路边，不时有低空飞行准备降落的飞机从上空掠过。我想象着，也许就在几十分钟前，某架飞机带着Julian从这片天空飞过，我们的直线距离不过百米，却不曾相见。

想到Julian此时与我同在一个城市，本以为痊愈的我还是没出息地望着夜空落泪了，想见而不能见。

比赛前一天，大家都在积极"备战"，毕竟只有成为"12强"才能进入"导师战队"，真正的比赛才算开始，之前所有的预热和前奏都是为了这"12强"。

去超市选购食材，和厨师顾问沟通菜品，熟悉比赛场地，编排菜品制作程序……所有选手既紧张又兴奋，除了我。

一想到日夜思念了几年的人此时就在北京我更加坐立不安，甚至想明天赶紧结束比赛，被淘汰之后便去找他。这样焦虑的心情让我提不起精神做想念他之外的任何事情。

临近傍晚，因为第二天要比赛，剧组安排选手们早些回酒店休息。混混沌沌的我刚回房间就接到Daniel的电话，他仔细地询问我赛前准备情况，将已经反复讲解过的每一步关键点和时间安排又做了最后的确认。

拿着电话，我感觉脑海中不停地有两个念头在打架：一边想草草应付比赛尽快离开，一边又被Daniel的认真说服：要做就做到最好。

你到底在想什么？我轻轻问。

只是为了和他再见一面而放弃之前所有的努力，值得吗？

半途而废？敷衍了事？不，这一向与我无关。既然决定来比赛就要做好百分之百的准备，我定了定神，重新打起精神，仔细听电话另一头Daniel的叮嘱，并决定连夜悄悄跑回Opera Bombana的厨房去找他当面指导练习。

之所以坚持选择做金枪鱼沙拉，是因为这是Julian曾经最喜欢吃的。当年我用泰式甜辣酱、红洋葱和新鲜香菜碎取代传统做法，再配上日本米饼，西方食材的亚洲味道，甜辣适中，平衡感也很好，正如当年的我们，中西合璧，天造地设。

如今再做这道菜，心情要复杂得多，感觉又悲伤又美好。调味料被我换成了青芥末和新西兰蜂蜜，微微辛辣中的酸楚触及鼻尖，双目被刺激得要流泪的瞬间又会品到丝丝甜蜜，仿佛是触碰旧情时发出的一声叹息，想起了曾经的美好；而在面包碎的包裹之下，你会感受到，看似平凡的生活里隐藏着层次分明、回味无穷的往事。

将这样一盘看似简单却五味杂陈的金枪鱼沙拉端到Daniel面前，我着实松了一口气，给自己倒上一杯酒。

这时又是Julian的电话："你猜我现在在哪里？"

"你那边好吵，在酒吧吗？"

"我在LAN Club！"他兴奋地说。

他现在竟然在LAN！

三年前，我举行婚礼晚宴的地方，没想到，去过那里的Julian这次来北京又选择在LAN等我。

"我就在LAN Club附近，一会儿见！"我不假思索地脱口而出。

一道家常料理：金枪鱼沙拉

方法简单，步骤明确：

1. 将金枪鱼罐头肉捣碎，红洋葱切小丁，红洋葱丁撒入金枪鱼肉碎中。

2. 再将蛋黄酱、青芥末、蜂蜜、橄榄油、海盐、胡椒放入金枪鱼和红洋葱中，均匀搅拌。

3. 将搅拌好的沙拉放入冰箱内降温冷藏。

4. 法棍面包切小块，撒上橄榄油、海盐和胡椒粒，放入烤箱烤三分钟至金黄色。

5. 从冰箱内取出金枪鱼沙拉，将面包块碾碎撒在沙拉上。

6. 最后，可在面包碎上撒少许意大利香菜碎或迷迭香碎。

备注：一般超市便可寻到金枪鱼沙拉，营养又减肥，一般使用金枪鱼罐头、黄瓜丁胡萝卜丁配蛋黄酱，就已经很美味了。过于简单的做法看起来有点儿像加工半成品的感觉。

此时已经接近午夜，初秋的北京夜凉如水，顾不得一天的疲惫和第二天比赛的紧迫，更顾不得夜路的危险和天气的寒凉，我再一次不顾一切地奔向他。

一路上，脑海中再次浮现出我们曾经的种种：夜幕下的Oriental Bay（西方湾），他在沙滩上写满我的名字；午夜的Karori 公园的草坪上，他为我放烟花庆生；离开的那个晚上，他陪我坐在家门口看着满天繁星……过去种种历历在目。

再走快一点儿，马上就能见到他了。

LAN Club，是我再熟悉不过的地方，2006年耗资三亿由顶级大师Philippe Starck先生亲自设计的艺术会所，我依然能够准确地描述出里面每一件艺术品的出处。很多辉煌和惊喜在这里发生，在LAN的那几年让我的视野变得广阔，眼界更加高端，阅历也逐渐丰富。

今晚LAN Club是Salsa舞之夜，Julian是Salsa舞的爱好者也是个中高手。一进门便看到LAN lounge的整个场地里全是京城顶级的Salsa舞者，我本以为在如此熟悉的地方，能够一眼看见我想念的人。但奇怪的是，我找不到他。绕着lounge走了两圈，身材高挑、相貌出众的他应该在第一时间进入我的眼睛，何况我是那么熟悉他的舞姿和气场，这是我们之间曾经最珍贵的默契，闭上眼我都能够感觉得到。

曾经，无论是在大学讲堂、车站机场还是人潮中，凭着这种默契我总能一眼就看到他。

可是今天，我盲了。

这时，原来的老同事看到我，递给我一杯香槟，边喝边指着场地的中央说："那男孩跳得可真好。"

顺着他手指的方向，我看到那正是遍寻不着的Julian。

Julian和女友正紧紧搂在一起，脸贴着脸，用最性感的舞姿挑逗着彼此的身体。我以为我会冲上前去奋力扯开他们，我也以为我会因为画面太过刺激而愤怒地哭起来，但是我没有，我只是站在原地，远远地看着他们，像看着陌生人。

是手里的香槟给了我短暂的镇定？我再次认真确认着了身体各个器官的反应：头没有晕眩，鼻尖没有酸楚，眼睛没有流泪，连心跳都没有加速。

难道，我没事了？

看着他们在一起舞蹈的画面，反而觉得很美，那是一对与我无关的情侣。

是不是人一改变，记忆就显得分外迷人？

灯光中，他英俊的脸陌生又熟悉，我知道他还是我记忆中狠狠爱过的他，然而也已经不再属于现在的我。在我看来，他几乎没什么变化，还是一样青春活力，保持着未退去的稚嫩，而我却已不同。我不再像个任性的孩子一样拼命地向他伸手，我只是停在远处，隔着三年的思念看着他，心中默念：祝你幸福。

忘了过了多久，他终于看到了我，微笑着向我走来，邀请我和他跳了最后一支舞。

曲终人散，曲终人散。

尾声：第二天，凭借金枪鱼沙拉我顺利入围"12强"，面对镜头我并没有说出菜品设计的真正初衷，悲伤而美好的味道成为心底被尘封的秘密。

是不是人一改变，记忆就显得分外迷人

遇见
梦想中的自己

+

我们都习惯而规律地生活在某个城市，也习惯于同一种生活频
率。旅行，是唯一可以暂时从这种生活中抽离的借口。去到世界
的别处，听听内心的声音，即使终将回归平凡生活，但短暂的离
开也已经为那个"常规"的自己的血液中注入了新鲜的元素。

旅行是

另一场人生

巴黎的深秋，老佛爷商场的顶层，眺望铁塔的日落；曾经想过和爱人在铁塔下拥吻，最后却是自己一个人在夜幕下飞奔到塔底，唱着《旅行的意义》，满心欢喜。

每个女人心中都有一座巴黎。

我也不例外。

刘若英《年华》唱片的封面上，美丽的奶茶一身咖色大衣，头戴画家帽，若有所思地站在塞纳河畔，唱着《成全》。

孙燕姿在巴黎街头邂逅了《我的爱》，她在MV中娓娓道来："在三万五千公尺的高空凝视窗外，她分不清这次旅行是要找回什么，还是遗忘些什么。Hello，I'm Stefanie, 1999。陌生的城市，一天的爱恋。2004，巴黎，秋天。"1999年的巴黎，她深深爱过一个男生，五年后再回去，时间与记忆交错，是怀念还是去遗忘，是错过还是去放下，是寻找还是去告别？

因为热爱巴黎，我特意在大学时选修了法语课，曾想作为交换学生去巴黎学习，却错过了开学的时间。巴黎，因为错过而变得更加令我渴望。

一个人去巴黎的旅行，在与Julian真正告别后，我把它作为30岁那份沉甸甸的生日礼物。

我一直认为，20岁的青春丰满却略带轻浮，因为沉淀不足便配不上巴黎这座城。所以，即便跑过十多个国家，甚至三年前已经到过法国，但还是在尼斯火车站放弃了去巴黎的冲动念头。

30岁，我想我已经准备好了。

身边很多去过巴黎的朋友回来后的描述全然不同，有人热衷拍摄各种角度的埃菲尔铁塔，有人特地寻访法餐美食，有人流连于逛不完的博物馆和画廊，有人只为到香街扫货，有人专门飞去参加艺术节或时装周，更有人干脆掏出"去巴黎必做的十件事"清单，逐一完成。

虽然憧憬了很久，但在出发前我并没有做任何关于巴黎的攻略。飞机上又看了一遍《午夜巴黎》和 *Paris Je T'Aime*（电影《巴黎，我爱你》），就算是准备了。

闭上眼做个好梦，在巴黎邂逅梦中的自己。

下飞机后，出租车把我带到了十一区巴士底广场附近的公寓里。

巴黎市区的房子都很老旧，我住在没有电梯的公寓四层，房东帮我把行李一层一层地拖到了房间。房东是一对年轻夫妇，先生是越南人，太太是巴黎人，有两个漂亮的混血女儿。我住的房间里配有独立的客厅、卧室、厨房和卫生间，房东一家就住在隔壁，非常方便。

深秋的巴黎，室外气温比北京还要低一些，但房间里那种小时候

每个女人心中都有一座巴黎

才有的老式暖气片却把屋子烘得暖洋洋的。房间虽小，却布置得简洁温馨，墙壁上还挂着巴黎老桥的油画，到处都旧旧的，让我感觉仿佛回到了童年的姥姥家。

提到巴士底不免就会想到历史书上描述的巴士底狱和血气冲天的法国大革命，当年的监狱早已被拆除，改建成了巴士底广场，广场中心的金色天使纪念碑也并非纪念巴士底狱中的牺牲者，而是巴士底狱被攻陷41年后，1830年发生的另一场革命的死难者。如今这里早已成为巴黎新兴的音乐艺术区，以广场为中心发散的几条街道里遍布着音像店、咖啡馆、设计师概念店和诱人的酒吧。在这里居住的年轻人居多，是个很酷且很有性格的街区。

在公寓附近闲逛到中午，正好看到街角一家彩绘得五彩斑斓的小餐馆，紫罗兰色的门框和落地窗，外面摆着橙、蓝、粉、黄的小木椅，里面明黄色的主墙和蔚蓝色的吧台下面均手绘着嫣红的芍药花，鲜丽而梦幻。餐厅的名字很有趣，Les p'tites indécises，翻译过来大概的意思是"徘徊犹豫的少女心"。

餐厅内部狭小局促，没有正式菜单，全都写在黑板上，这是典型的法国bistro风格。头盘当然要吃鹅肝了，主菜是奶油蘑菇宽面（法国的意面通常会另加一个生蛋黄，吃的时候拌进面里，味道会更加浓郁），为了缓解香腻，我点了一杯House Wine红酒（法国葡萄酒是最出名的，不需要刻意挑选，一般店酒，House Wine都是性价比最高的百搭款），最后以甜品拼盘（很多餐厅的午餐为了节省时间和成本都会供应甜品拼盘，通常包括小分量的巧克力蛋糕、芝士蛋糕、曲奇饼干、酿水果和巧克力，性价比很高）和黑咖啡结束。

完美的巴黎第一餐。

没有地图，没有攻略，没有目的地，像生活在这里的巴黎人一样闲逛。

和我想象中的"单纯的高贵，宁静的伟大"一样，深秋的巴黎气温很低，路上行人寥寥。巴黎少有晴天，即使刚巧赶上，天空也不是那种惊艳四座的湛蓝，而是丹宁布般的浅蓝天空，犹如画卷。街道两旁精致的老式楼房并不高，亮丽脱俗的乳酪色系建筑，优雅利落，窗明几净，色彩不像罗马老城那般古朴中透着浓烈的绚烂。午后的阳光透过满树金黄的梧桐，洒在平整的石板路上，澄黄一片，幻化出一条诗意且神秘的通道。沿着这金黄色的石板路，我不知不觉竟然走到了塞纳河畔。

梧桐树、老桥、苍蝇船、巴黎圣母院、左岸的美术馆……这些旷世的罗曼蒂克，就这样毫无征兆地在眼前了。

四周的风景，相思之甚，寸阴若岁。

可我并没有欣喜若狂，只是继续安静闲适地在河边行走，心里仿佛一瞬间塞得满满。

走在塞纳河畔，一股奇妙的情绪开始在我身体里发酵，我似乎看见身穿咖色大衣、头戴画家帽的"奶茶"在我身边若有所思地哼唱《成全》，Stefanie在不远处的爱之锁桥上寻找她的爱。

某一刻，她们的身影竟然都幻化成了自己的模样。原来心中有爱的我们都长了同一张真诚的面孔和一双清澈的眼睛，无论身在何处，无论经过多少年月，这赤子之心从未改变，我需要的仅仅是耐心等待，因为有一天我终于会像现在这样与她们碰面。

坐在La Maison Berthillon冰激凌店外，我点了一杯咖啡和一小碗樱桃朗姆酒口味的冰激凌。此时，河岸边的阳光呈现出了迷人的橙红色，浸染着两岸的景物随意转换，随着太阳用尽最后一分力气将光束送到水面下后快速地消失。我静静地享受着这一切，那份静谧仿佛有种魔力让人噤声。

有人说，来巴黎登上埃菲尔铁塔，眺望整座城市，制高点上风景独好。

可我总是想，那样的视野里就没有铁塔了呀！

于是我找到了俯瞰巴黎最佳之地，既不是埃菲尔铁塔，也不是蒙马特山丘，更不是蓬皮杜六层的Georges餐厅，而是老佛爷百货商店屋顶的露台。

位于奥斯曼大道上，紧邻巴黎歌剧院的巴黎老佛爷百货（Galeries Lafayette）无疑是世界上最有名气的百货商店，它浮夸华美的拜占庭式巨型镂金雕花穹顶，是巴黎明信片中出现最多的地标之一。

尽管距离圣诞节还有一个多月，但老佛爷百货的橱窗早早地换上了圣诞装饰，每年的主题都不一样，今年的主题是"时间"。橱窗里摆满了衣着光鲜的泰迪熊和古典时钟，转换在不同的情景之中，美轮美奂。圣诞橱窗当然是孩子们的最爱，整座商店的外围几乎成了游乐场。

而商店内，顾客熙熙攘攘，其中以亚洲人和俄罗斯人居多，退税的区域挤满了世界各国的游客和旅行团，简直令人无法呼吸。我快速穿越人群，直奔顶层。

从顶层出来，走到露台的一刹那，我激动得眼泪差点儿落下来。

《欲望都市》最后一季里，Carrie Bradshaw随她的艺术家男友来到巴黎，在酒店的阳台上第一次见到埃菲尔铁塔时，已近不惑之年、见多识广、阅人无数的Carrie竟然难掩喜悦心情，激动如邻家少女般欢笑跳脚。

此刻，我也因为看到这座著名的铁塔而心神激荡，一样没出息地掩面偷笑，喜极而泣。

原本有些多云的天空中突然一束阳光透射进来，在铁塔身后形成一道光墙，隔绝了她与这座城市的关联，而其他建筑和街道依旧在微微乌云的天气里略显暗沉，只有她那么优雅、那么夺目、那么骄傲地矗立着，高贵的姿态仿佛在宣称她就是全世界人们心中梦幻的符号，巴黎的坐标，她配得上如此的不可一世。

我有一种不顾一切想要奔向她的冲动！

夜幕降临，华灯初上，顾不得直降冰点的气温，我像着了魔似的往铁塔方向疾步走去。

不知道穿行了几个街区，也不知道经过了多少广场名胜，我停不下来驻足欣赏，铁塔的身影在巴黎街角时隐时现。终于，我来到了巴黎铁塔前的广场公园。刚才还是冷冰冰的铁黑色巨塔在宝蓝色的夜空里，在灯火映衬下瞬间变身为金碧辉煌的女王。

公园里到处是拥抱亲吻的情侣，摆着各种各样甜腻曼妙的姿态，似乎只为请铁塔见证他们的幸福。虽然有些俗套，但我也曾经不止一次地幻想过，将来的某一天跟谁一起来到巴黎，在埃菲尔铁塔前接吻盟誓，甚至是求婚。

没想到，最后，却是自己孤身一人前来。我并没有觉得孤独或者感伤，甚至有些欣慰。

与铁塔的第一次"约会"，因为独自前来而显得更加单纯，这里永远不会因为某个人的到来或离开而变成一块带着记忆重量的遗憾之地。

坐在公园的长椅上，我目不转睛地望着铁塔，满心欢喜，仿佛与老友久别重逢一般。

夜色并没有因为寒冷而显得寂寥，身边行人不断，我轻声哼唱起陈绮贞的《旅行的意义》："你品尝了夜的巴黎，你踏过下雪的北京……你拥抱热情的岛屿，你埋葬记忆的土耳其。"

10年前，刚听到这首歌，便暗自发誓，30岁之前一定要去遍歌里讲述的每个地方：20岁在普吉与炎热的岛屿热情相拥，烈日之下，无所畏惧；24岁回到北京第一次探访雪后故宫，冰雪琉璃令人屏息；29岁周游土耳其感受宗教文化的碰撞，清真寺内愿望成真；30岁，在巴黎，最美的夜晚我正在细细品尝。

这歌里有太多我一路走来的旅行的意义。

我一直单纯地以为歌里面的陈绮贞讲述了自己面对旅行者男友的质问和抱怨，认为男友暂时从她生活中抽离就是旅行的意义。可当我坐在铁塔下仰望，再次唱起这首歌时，我才真正领悟到何为"旅行的意义"——离开她的并不是男友，而是她自己。

我们都习惯规律地生活在某个城市，也习惯于同一种生活频率。旅行，是唯一可以暂时从这种生活中抽离的借口。

去到世界的别处，听听内心的声音，即使终将回归平凡生活，但短暂的离开也已经为那个"常规"的自己的血液中注入了新鲜的元素。

姚谦说："旅行是另一场人生，每一段旅行都有它各自的生命，也许这些片段的生活可以串联，形成一个更广阔的画面，但是那些不同的片段，总有着属于它自己的色彩与气息，经常是不可互相取代的。"

是的，这便是我一直不停寻找并实现着的旅行的意义。

爱自己是

终身浪漫的开始

王尔德说："爱自己是终身浪漫的开始。"当我流连在这个浪子的墓碑前时，还在痴痴追求着爱情的结果。在已经有850年历史的巴黎圣母院里点支蜡烛，为家人、为朋友，也为自己。

巴黎的奥妙就是让所有人变得有气质，有情绪。

　　来巴黎之前刚好收到一本姚谦的书，那篇《旅行副标题》读来恰到好处，大概意思是讲每一次旅行都有一个目的地，而你特别想探访这个地方的原因，也许是因为那里的风光、文化或者历史，在这一段旅途中明确目的，并得到自己期待的结果，就算是一趟完美的旅行；但有时候旅行中只有一个主题是远远不够的，于是我们可以再加上一个副标题，在享受主标题的同时，顺势不费力地联结到副标题，那就更加精彩了！

　　这一趟我的巴黎旅行的主标题是"文艺"，而副标题必然是"美食"了。

　　对于很多人来说，巴黎的莎士比亚书店无疑是一座精神殿堂，对它的狂热之情甚至远胜河对面的巴黎圣母院、罗浮宫、香榭丽舍和凯旋门。它不仅仅是一家巴黎左岸的英文书店，还是图书馆、出版社、文化沙龙，甚至是邮局和银行，一战后这里更是成为文人雅士的据点。海明威、菲茨杰拉德、斯坦因等"迷惘一代"的"老伙伴们"都把这里当作思想的家园、英法文学的交流中心。

　　第一次拜访莎士比亚书店是在晚上，门口的灯光将书店照射得如同影棚里的布景一般，好不真实，即使是在寒冷的夜晚，依然有很多人站在门口淘旧书和老明信片。很喜欢的一部电影《爱在日落黄昏时》（*Before Sunset*），阔别九年的男女主角就是在莎士比亚书店门口重逢

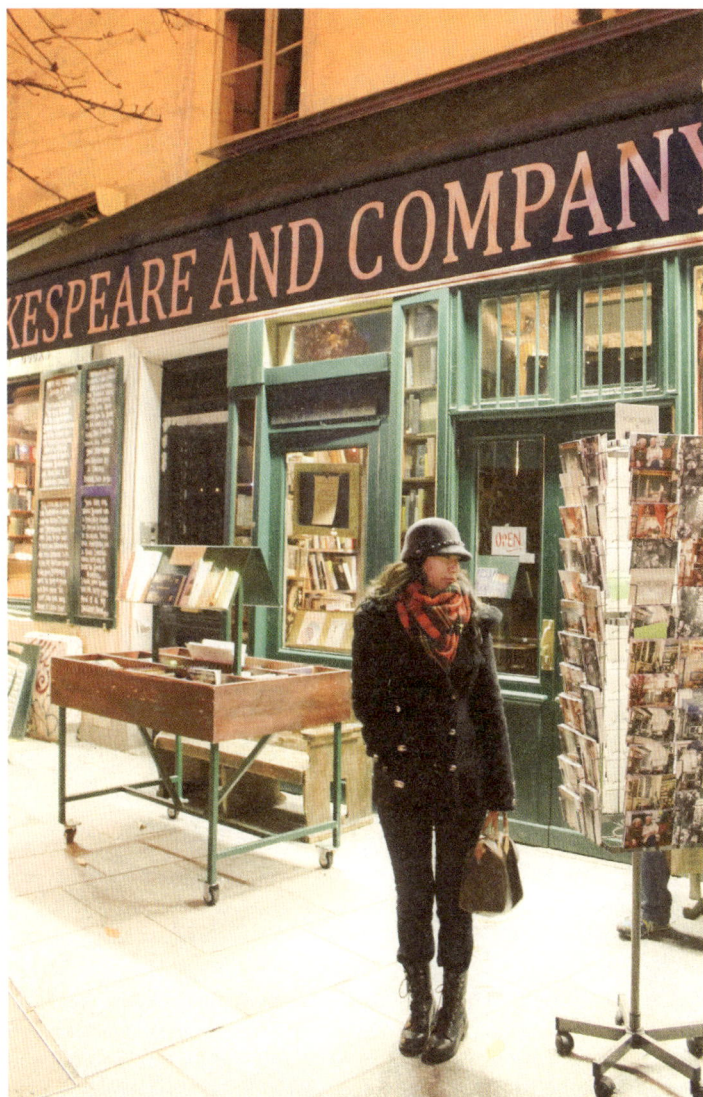

的。如今站在这里，电影中的片段，历历在目。

书店里杂乱老旧，却处处充满文学气息和左岸气质。墙壁上写着被很多文艺咖啡馆使用的名句："Be not inhospitable to strangers lest they be angel in disguise."（"请善待陌生人，他们也许就是乔装的天使。"）

我在书店逛了很久，最后决定把Julia Child（茱莉亚·查尔德）的自传《我的法兰西岁月》作为在莎士比亚书店买的第一本书，也是向这位美国烹饪女王致敬。电影《美味关系：朱莉与朱莉亚》中，莎士比亚书店也有份出镜，想想当年在巴黎生活的朱丽亚也一定经常光顾这里，寻找英文的菜谱资料吧。

离书店不远有一家我很喜欢的意大利Gelato店"Amorino"，无须乔装，这家店的名字和logo就是爱神天使，焦糖色的砖墙壁，黑板的目录陈列，原木屋顶上缀满了小小水晶灯，古典又时尚。虽然是意大利的冰店品牌，但在巴黎也有很多家。店里最受欢迎的是花朵冰激凌甜筒，几种不同口味的冰激凌层层叠叠，做成可爱花朵的造型，简直就是艺术品。

巴黎最重要的一位老伙伴当然是维克多·雨果。

街角那家堆满老桌椅的咖啡馆赫然写着"Café Hugo"，好大的气魄，竟然直接用大文豪的名字来命名，事情绝对没有那么简单。再往近处走，豁然开朗，原来这是大名鼎鼎的孚日广场（Place des Vosges），始建于查理六世时，巴黎最古老的皇家广场。四方形广场在巴黎已经很少见，而这座由39栋红砖古典建筑完美围合的四方广场更因为它临街骑楼的设计显得更稀有了。立面红砖上嵌着优雅高窗，弯转路灯整齐排列，在这组伟大的建筑中流露出独有的浪漫和神秘。

沿着广场边沿的回廊一直走到尽头，"6"号门牌下很不起眼地写着"Maison de Victor Hugo"，雨果故居。

伴随着木阶"吱呀"的响声上楼，楼梯旁的墙壁上挂满雨果各个时期的画像和作品插画，最为世人所熟悉的当属《悲惨世界》《巴黎圣母院》。雨果先生的客厅陈列也让我感觉熟悉，不由得发出惊叹，古典红木家具、梅兰竹菊的雕花墙纸、数十只陈列着的青花瓷瓶，还有屋顶悬挂的大红灯笼，我从来不知道雨果对东方文化竟如此痴迷。

在第二展厅，我看到了雨果挚爱的情人朱丽叶·德鲁埃的画像。30岁的雨果邂逅了26岁的法国女演员朱丽叶，两人坠入爱河，之后朱丽叶每天都会给雨果写一封情书，直到她75岁去世。五十年从未间断的两万多封情书，尽显法国人的浪漫。画像旁边是雨果在《内心的声音》中为朱丽叶写的诗句：

"你还没见过她，那个夜晚，众星现于天际，她突然来到你眼前，清新而美丽……"

流连在纪念馆最大的画作前，那是《巴黎圣母院》中爱斯梅拉达在刑场上喂卡西莫多喝水的一幕。热情善良、无所畏惧、敢爱敢恨的爱斯梅拉达穿越三个世纪依旧征服着全世界的人。

雨果这样形容巴黎圣母院，"她是石头的交响乐"，可以想见那是怎样的恢宏雄伟。

我坐在教堂的讲台前，面对十字架陷入沉默，我能感觉到这里就是跟上帝对话的地方。教堂的另一侧点燃了数百支蜡烛，烛光闪烁出柔和的光影，我默默地站在摇曳的烛光前双手合十，为远在千里之外的家人祈祷。行走至此，我的愿望已变得坚实而具体，不再不切实际。

圣母院的第三层，也是顶层，就是雨果笔下的钟楼了。钟楼顶部正上方果然是有一座巨大无比的金色大钟，据说重达13吨。而在圣母院的奇幻怪物走廊，我见到了著名的Stryge，一个长着天使翅膀的怪兽，正托着下巴若有所思地眺望巴黎。这里距离地面46米，也是俯瞰巴黎的最佳观景点之一。我在钟楼上徘徊了许久，仿佛看见爱斯米拉达被卡西莫多救到此地避难，坐在Stryge旁边一同眺望远方，思念着爱人；而一旁的卡西莫多只因可以守护自己深爱的人，高兴地在钟摆上荡来荡去。我似乎都能感觉到爱斯梅拉达并没有死，她和卡西莫多一直住在钟楼，转眼之间，已过百年。

特意挑选了一个明媚的午后，去拜访拉雪兹公墓。

拉雪兹公墓应该是世界上最有名气的公墓之一，巴尔扎克、莫里哀、肖邦、比才……数不清的文学家、艺术家都长眠于此，同时这里山明草秀，是一座美丽的公园。

进门处的平面示意图前围着三五游客各自寻找着自己的偶像，几条主路的青色石板两旁矗立着不同风格的墓碑，优美如画，在有限的几平方米空间内讲述一个人的一生，所呈现出来的一定都是精髓，但其实能说的也不过是寥寥数语。

两旁的梧桐树叶子已经掉下大半，橙黄的落叶铺满石板路的两旁，阳光从树隙洒落在路上，编织出一条唯美幻化的金色小径。最先遇见的是肖邦，与那些大主教、大政治家相比，他的墓并不起眼，建在一个小山坡上，周围局促地环绕着许多小小的墓。"钢琴诗人"的墓碑前摆满了鲜花，不知每天有多少慕名而来的人在这里献上他们的景仰。

一直在找的是王尔德。

王尔德的童话《快乐王子》《夜莺与玫瑰》《星孩儿》不知道被爸

爸当作睡前故事讲过多少遍，但幼时的我并不喜欢他，因为在他的童话里小王子根本不快乐，夜莺死掉了，星孩儿的继任是一个坏国王，全然没有《格林童话》那般圆满，小孩子喜欢的始终还是那句："从此王子和公主一起过着幸福的生活。"

再读王尔德是因为林徽因，她翻译的唯一一本童话集是他的《夜莺与玫瑰》：

"夜莺喊道：'高兴罢，快乐罢；你将要采到你那朵红玫瑰了。我将用月下的歌音制成她，再用我自己的心血染红她。我向你所求的酬报，仅是要你做一个真挚的情人，因为哲理虽智，爱比她更慧，权力虽雄，爱比她更传。焰光的色彩是爱的双翅，烈火的颜色是爱的躯干。她有如蜜的口唇，若兰的吐气。'"

写得那么好，译得那么美。

于是，我爱上了王尔德——他的忧郁悲伤，华丽流畅，他坚定地维护着世间一切美好的事物。

钟爱那句："We are all in the gutter，but some of us are looking at the stars.（我们都生活在阴沟里面，但仍有人仰望星空。）"

巴黎的空气何止文艺浪漫，
她所蕴藏的力量散落在各个角落

王尔德的墓碑是一座很具现代感的雕塑，在拉雪兹公墓园里显得十分特别，雕塑上满是全世界文艺青年奉献的唇印，当然现在有一个玻璃护栏围在外面作为阻挡和保护。周围没有人，我在他墓前的石阶坐下，阳光照耀，温暖得恍如春天。

"要记住：爱自己是终身浪漫的开始。"

我在心中默念着那句话，同时也对自己点点头："是的，我正在学习如何更好地爱自己。"

人们都说巴黎人有气质，而在我看来，是巴黎整座城市的文艺气氛让所有人变得有气质。即使世界上最不受欢迎的美国游客，来到巴黎也不再穿着T恤、牛仔裤在名胜前席地而坐边喝可乐边啃三明治，最放荡不羁的他们竟也学着尽量衣着得体地在咖啡馆里喝下午茶了。

巴黎非凡的气质离不开那些举世闻名的博物馆，而在众多的博物馆中我认为最美的既不是罗浮宫、奥赛博物馆，也不是毕加索博物馆，更不是蓬皮杜，而是罗丹博物馆。

奥古斯特·罗丹（Auguste Rodin，1840—1917），法国最伟大的雕塑家之一，他是欧洲雕塑史上的"但丁"，成就他的艺术地位的便是闻名世界的《思想者》。

罗丹博物馆位于塞纳河南面梵伦纳小路77号，门很小，很不起眼，远不及罗浮宫和奥赛博物馆的雄伟壮丽，然而小小的门里面却别有洞天。洛可可式的精美建筑后面带有一座幽静的花园，据说这里也是罗丹生前最后居住的地方。

博物馆内收藏了6600座雕塑作品，大都是罗丹完成的大理石和青铜作品，有趣的是6号展厅竟然是著名的"罗丹的情人"卡蜜儿的作品。1988年上映的电影《罗丹的情人》（Camille Claudel）讲述了这个可怜女孩的故事：19岁遇见罗丹，相恋十多年最后放弃，离开罗丹后精神失常，在疯人院度过了漫长的三十多年最终死去。是爱情给了她无与伦比的创作灵感，也是爱情将她推入了绝望的深渊，也许爱上艺术，爱上艺术家本来就是一场华丽的冒险，而又有多少人在这场冒险中迷失了自我、放弃了自我呢？

也许是因为展厅内的陈列太多，也许是卡蜜儿的一生太过令人唏嘘，我感觉有点儿透不过气来，跑出了罗丹的住所。后花园内已经没有了鲜花，挺拔的白杨如同帅气的士兵优雅而一丝不苟地守卫着，将花园分隔出两条主径，铺满落叶的小径跟油画似的。一路走来，罗丹的雕塑不时与你相遇，有的徘徊，有的沉思，有的沉醉，有的亢奋，也许这才是欣赏罗丹最好的地方，当然最为著名的《思想者》和《地狱之门》也都在花园之中。

罗丹博物馆对面的L'Arpège餐厅是我一天的奔波疲惫之后的嘉奖。

Alain Passard无疑是世界上最文艺的大厨，他通晓钢琴和萨克斯，他为顶级银器品牌Christofle设计餐具，他还原古法炮制芥末酱，他参加众多电视秀，他出版美食书，但他的主要身份是巴黎最出色的米其林餐厅L'Arpège的主厨。作为Alain Passard的粉丝，有幸能够到他的餐厅朝拜，对美食工作者来说绝对是可以记录在册的壮举！

餐厅不大，只有十几张桌子，装修也并不奢华，返璞归真的木板墙壁，法兰绒的红色餐椅搭配纯白色桌布，素雅温馨。顶级餐厅的第一餐，我选择Degustation Menu，九道菜140欧，与国内某些海鲜酒楼动辄上万的豪宴相比，实在是贴心超值。这可是最地道的呢！

头盘全部是素菜，很多都叫不上名字，甚至是我第一次见到，都是味觉艺术家Alain Passard在巴黎郊区的菜园亲自培育。主菜竟也出乎意料地不见红肉，依然是蔬菜为主，海鲜为辅，和传统法餐复杂烹饪后混合的美味不同，他的出品通过新颖的烹饪技巧最大限度地突出食材原始的味道。最后以牛油果和开心果混合口味的苏芙蕾作为一餐的结束，绝对堪称完美了！顶级的食材、巧妙的搭配、精致的摆盘、芬芳的味道在五感间徘徊许久，即使吃下去这么多道菜，胃里也没有过多的负担，不愧是世界排名第二的伟大厨师。

有趣的是，Alain曾经被称赞为"世界级的烤肉大师"，可是自2001年之后他发现"自己和动物之间的关系变得艰难起来"，于是便开始推崇素食。Alain讲究在品尝美食的过程中体味最原始最本真的食材味道，他说："吃，大概是世界上最伟大的艺术，你与自己的身体对话，给予它满足和快乐，同时也回报给你无可替代的安全感。"

吃完最后一口苏芙蕾，我看着空荡荡的杯碟，不禁感叹，果腹或享受美食从来就与他人无关，仅仅是属于每个人的私密举动。无论目的是什么，那都是一次和自己安静相处的过程。

巴黎的空气何止文艺浪漫，她所蕴藏的力量散落在各个角落，从不喧哗，我听得到她的声音，也闻得出她的香气，因为她已经在我的心中。

当我途经

美丽

巴黎的女人既没有特别华贵的服装，也没有艳丽的妆容，更别说名牌傍身，但即使是最日常的妆扮都透出她们的精致和用心，眼神中满溢自信。

巴黎的公寓都很小，放不下洗衣机，好在街上都有Laundry（洗衣房），这在欧洲很常见。晚上和房东太太Emily一同去公寓附近的Laundry洗衣服，人不少，都是住在附近的年轻人。虽然墙上有法语的使用说明，但别说法语了，即使是英文或中文，分开的洗衣机和烘干机也让我搞不清楚这些复杂的流程。幸好有Emily在旁边帮忙，她热情地帮我换好硬币，我们把衣服投进洗衣机，预约时间，我稀里糊涂地站在一边看洗衣机神奇地转动起来。说实话，第一次当着这么多人的面拿出自己的内衣内裤洗涤，有些尴尬。但身边的人似乎早已习惯在Laundry洗衣服的生活，并没有人在意我的局促。很多人拿着书边看边等，几乎没有人玩手机，洗衣房里的气氛安静又自在。

在我眼中，巴黎的女人大致可以分为三类：普通巴黎女性，像我的房东Emily，还有巴黎老太太和巴黎女游客。

大部分的巴黎女人并没有我想象中的优雅骄傲，她们既没有特别华贵的服装，也没有艳丽的妆容，更别说名牌傍身，但即便如此，她们还是在日常的装扮中处处透着精致和用心，最重要的是眼神中充满自信。就像《天使爱美丽》中的Amélie，虽然只是穿着普通的针织衫和平底鞋，随手一只小包，但那份自信和轻松自然流露，我想这才是时尚的最高境界。

我喜欢坐在巴黎街头一边喝咖啡一边观察这些可爱的法国女人。她们的皮肤都很好，白皙细嫩，偏偏她们又都很爱黑色，特别是深秋初冬，满街都能看见黑色大衣、黑色针织衫、黑色围巾、小黑裙、黑框眼镜等，但神奇的是，即使是千篇一律的黑色，却也能让巴黎女人穿出万千风情。也许身在时尚之都，就算是普通的巴黎女人也有着驾轻就熟的时髦感，她们深知属于自己的穿衣风格，并把这种风格融入生活。

巴黎女人从不跟随时尚，而是创造时尚。她们忠于自我，独立而坚持己见；她们过得优雅庄重，精通生活的艺术，并清楚地知道生活中什么事情重要，比如照顾家庭、拥有兴趣、热爱工作；她们友善热情、勇敢直率，仍保持贵族气质。

巴黎老太太绝对是这座城市中一道亮丽的风景。

有天下午，我在左岸的玛黑区（Le Marais）闲逛，午餐选择了"犹太街"的Rue de Rosiers。狭窄而古朴的青石砖街道两侧是各色餐馆、甜品店和咖啡馆，顾名思义，这里几乎都是犹太人开的店铺，店员也多是中东面孔，刚一进去我恍然有种走在伊斯坦布尔老街上的错觉。一家名叫L'as Du Fallafel的餐厅外卖档口排起了长队，初来乍到的我认定这里必然是最好吃、最有名气的餐厅。餐厅内部很简朴，布局非常局促，桌与桌之间几乎没有间隔。犹太餐很豪爽，主要是烤肉和各式沙拉，烤蔬菜、粗薯条、黄米饭一起都被放进叫作"Pita"的口袋饼里面，根据个人口味淋上酸奶或者辣椒酱，再配上一罐巴黎本地产的橘子汽水，顿时有了大口吃饼、大口喝酒的畅快。

餐厅里的游客很少，主要是在附近工作的白领过来吃午饭，所以人们吃饭的速度都很快，衣着也多是简单整洁的工作装，毕竟并不是什么高级餐厅。可是，我却被坐在角落的四位巴黎老太太吸引了。

四位老太太穿金戴银，盛装打扮，优雅的姿态很是引人注目：第一位头戴红色呢子画家帽，白色高领毛衣，配了一条有些夸张的紫荆花设计金项链，十足的艺术范儿；另一位银发波波头，妆容精致，特别是眼妆非常突出，浓重的睫毛膏和眼线恰到好处，一口红唇衬得她更像是时尚女王；旁边的那一位身穿黑色V领毛衣半长裙，脖子空隙处系着一条淡粉色爱马仕丝巾，恬淡雅致；最后是裹着玫红色头巾的吉卜赛风情老妇人，配上一副夸张的黑色宽框眼镜一点儿都不觉突兀。

在如此嘈杂拥挤的小餐馆里遇见这样四位老太太是我始料未及的。她们的名牌大衣和手袋随意地搭在椅子上，即使是吃粗线条的犹太餐，即使看得出已年过六旬，但她们依然不忘保持姿态，偶尔低头相互说说笑笑。

在巴黎，我经常能够看到打扮时髦、独具风格的老太太，黑色羊绒大衣、爱马仕围巾、深色丝袜高跟鞋、名牌手包和设计师款首饰是她们的标配。虽然已经青春不再，但时间却赋予了她们真正驾驭时尚的能力。更重要的是，她们并没有因为岁月的侵蚀而放弃美丽的权利，而是坦然接受着改变，接受着改变中的自己，让这个自己变得更好更得体。就是这份气定神闲、由内而发的高贵气质让我在整个午餐时间里，视线都无法从她们身上移开。

巴黎的冬天实在很冷，除了时尚宠儿们还能够在寒风中坚持穿大衣配丝袜，剩下的就是打扮得有些用力过猛的女游客。因为读书时被新西兰的风吹成了风湿腿，我早已没有了冬天穿丝袜的勇气，更何况巴黎的初冬比北京还要冷。

然而，在那些著名的巴黎景点和街道上总能看到年轻的亚洲女孩，上半身穿着御寒的羽绒服，脚上也是御寒的雪地靴，但短裙下却是光着的两条腿，这样穿真的适合巴黎吗？

也许有人会说旅行匆匆而过，注重的是看风景的心情，其他都不重要。我却始终不同意，因为首先我是个女人，漂亮的女人。

当然，我曾经也是冒着傻气的女游客。

在新西兰仙境般的南岛，自以为穿着冲锋衣、牛仔裤便能和随意的美国同伴打成一片，却错过了雪山碧湖间本应裙摆飘飘的自己；在惊险丛生的南非野生动物园，一条错误的蕾丝长裙和一双平底皮鞋让我全然没有心情与大自然亲密接触，时时刻刻都被生存大考验的困境所困扰；最可怕的是春节在阿布扎比的街头穿着旗袍，因为露出了胳膊和膝盖，被当地人喝令必须回酒店换衣服才能参观清真寺，现在想起来都替自己捏把冷汗。

慢慢地，出了太多丑的我开始体会着不同国家、不同地域文化与女人之间的微妙关系，除了爱美，更是希望自己能通过这最直接最擅长的方式融入下一个目的地。像生活在那里的人们一样衣食住行，旅行不因赶景点、赶航班、赶时间而变得仓促无趣，而我也不会再因此狼狈不堪。

穿着漂亮，整个人会在旅途中变得精神自信，才能让这段记忆更加完美，不留遗憾。

比如，一件黑色羊毛大衣，一双长靴，围一条暗红羊毛围巾，戴一顶灰色呢子帽，手拎LV Speedy 25的小箱包，既保暖舒适，又时尚文艺，走在塞纳河边，刚刚好。

退房的前一晚，房东太太邀请我去他们家共进晚餐。

玛黑区一家很有名的面包店Legay Choc，是一对同性恋帅哥共同经营的。我从那里买了巧克力布朗尼（Brownie）和柠檬乳酪塔带到房东家做伴手礼。

Emily的家并不大，但布置得舒服温馨、井井有条，碟机里播放着法国香颂天后Enzo Enzo的音乐，完全感觉不到两个小朋友的吵吵闹闹。客厅的墙壁正中央挂着大女儿的橙红色涂鸦画，茶几上点了白色的蜡烛，一瓶酒已经开瓶醒着了。乳白色的圆桌铺上了橙色的桌布，中间放着一束嫩黄的雏菊，桌子上除了一应餐具，竟然还有水晶酒杯！

Emily也和平时不一样了。

在超市工作的她常说自己是"货架设计师"，能够耐心仔细地把商品摆放得既美观又让人有购买欲真是一门艺术。Emily热爱自己的工作，而且认为这对所有的生活都很重要。这份工作很是辛苦，每天早晨6点就要到超市，在开门营业前把所有货架的商品补充摆放好。下午4点下班后到幼儿园接两个小女儿回家，给她们做晚饭，洗澡，安排睡觉。我们几乎每天都能在她刚下班时碰面，她不是穿制服就是便装，素颜，一脸疲惫。

可是今晚，Emily化着精致的淡妆，一件灰色高领毛衣裙凸显出了好身材，颈上的珍珠项链朴素典雅，落落大方的漂亮女主人招呼我坐下。

　　"要不要先喝一杯？我挑了一瓶勃艮第的白葡萄酒，猜你一定喜欢。"

　　我微笑着点点头。

　　餐桌上已经摆上了女主人精心准备的餐前小食，腌制三文鱼、小米饼和橄榄。

　　性格活泼的小女儿没几分钟便和我熟悉了，一边陪我吃餐前小点，一边给我看她的手工课作品。

　　没想到的是Emily的厨艺竟然这么好，烤牛肋排配传统法式红酒汁做得色香俱全。牛肉三分熟，外层微焦，里面的肉质细嫩多汁，红酒汁熬得浓稠适中，酒香四溢，百里香、黑胡椒、洋葱和红酒融合调味，搭配上清爽的橄榄油醋汁蔬菜沙拉，原来最美味的食物都躲藏在巴黎女人的厨房里。食物以一种非常美观的姿态被女主人端到了我的面前，看到Emily摆盘的技术我才完全明白她的"货架设计师"的自称果真不是浪得虚名。此时，女主人已换上了波尔多的红酒，倒在水晶杯里。看，即使在普通的法国人家，也从不懈怠每一餐。

　　大女儿很害羞，始终躲在房间不肯出来。我担心因为自己的到来而让孩子饿着肚子，便问Emily要不要单独装一盘送过去。Emily却很淡定地说，她迟早要学会如何与陌生人相处，如果她不肯突破自我，就只好饿肚子了，而且绝对不能在卧室里面吃饭。

几句话说得我倒有些不好意思起来，这样不骄纵子女的教育方式让人钦佩。

吃过饭，大家都端着蛋糕坐到沙发上聊天。熬不住肚子饿的大女儿终于开门悄悄走到了客厅，怯生生地跟我问好。Emily不动声色地从沙发上起来，走到厨房端出其实早已备好的一盘食物，女孩欣喜地跑过去一个人端坐在餐桌上大口大口地吃起来，显然是饿坏了。

"你看，这对她就是个很大的进步啊……"Emily转过头突然问，"在巴黎有艳遇吗？"

"还没有哦，一个人玩得实在太开心了。"我说。

"巴黎可是世界上最浪漫的地方，要在这里谈一次恋爱，哪怕一天也好，不然怎么算得上真正到过巴黎呢？"Emily认真的表情让我竟然对所剩无几的假期有了浪漫的遐想，不过也许只能留给下次了。

我在巴黎十一区的最后一个清晨依旧从牛角面包开始。

法国人的早餐必吃牛角包，上好的牛角包足够香、足够酥，也足够筋道，不需要再抹牛油或果酱。早餐对于巴黎人来说非常重要，街上几乎见不到手拿咖啡和三明治、边走路边吃的人。人们衣着整齐，系上餐巾，坐在咖啡馆里彬彬有礼地享受丰盛的早餐，像是开始崭新一天的仪式。

吃过早餐后我去了巴士底露天市场（Marché Bastille），这里算得上巴黎最棒的市集，汇聚了全法国最精彩的食材。因为不是任何人都有资格在这里摆摊，所以你看到的大多是积攒了很多年好口碑的摊贩，品质极优！生蚝一定是清晨打捞的，蚝肉上还泛着一层浅浅的蚝油，说明是极新鲜的；无数天然香料浸染着市集的空气，瓜果蔬菜如待沽艺术品般整齐码放；橄榄专卖的店面里光腌制橄榄就有二十几种，还贴心地搭配上新鲜出炉的法棍；堆积如山的奶酪和火腿被普罗旺斯自酿的蜂蜜包围；托斯卡纳出品的意面和意饺带着独有的光泽……形形色色，应有尽有。

我买了一块里昂奶酪、什锦腌橄榄、法棍和萨拉米（意大利香肠），又贪婪地装上蓝莓、蜂蜜、一只葡式蛋挞，甚至淘到了一本手绘的老菜谱和一张香颂CD，像很多巴黎女人一样准备回公寓为自己烹制一顿大餐。

回到公寓的第一件事是先冲一杯蜂蜜柠檬水，再煮上咖啡。香颂在有阳光的房间里缓慢流淌，我把法棍回烤切片，将袋中的食材尽数拿出，用奶酪、橄榄、萨拉米摆出一个好看的拼盘，再将几颗蓝莓裹了蜂蜜放在蛋挞上。接近正午，阳光温暖得刚刚好，我把食物都搬到了阳台的桌子上，一个人当然更要好好吃饭，而且要按照高级餐厅的标准。一边享用着自制的米其林餐厅品质的早午餐，一边在阳光中翻看老菜谱。

终于，我也在这里了。

当Elizabeth在自己的公寓里，看阳光在地板上跳跃时，我也坐在阳光里，张开双臂，伸伸脚丫。她一边吃东西一边朗读意大利的报纸，我仿佛都能听到她咀嚼芦笋的清脆声音。我与她相视一笑，bon appetite（好胃口）！

"幸福进驻我们的每个毛孔中。"她说。（引用自*Eat Pray Love*）

这不就是我们一直想要的梦想中的自己吗？

一场巴黎

好梦

旧货市场的二手摊上摆放着各式的古董首饰，不用问，我也知道每一件的背后都藏着太多的故事和时光。捡到那枚戒指的一瞬间我看到他的眼睛，他说：让我们做一天的恋人吧，就在巴黎。

PART 4

遇见梦想中的自己   239

我们在塞纳河畔作别，有些不舍，但依然不再回头相望，毕竟这一天的经历太过美好，一滴眼泪都会是多余；我心存感激，微笑前行，他的出现不早不晚，刚刚好，因为有了爱情，巴黎才完美；即使短暂，也让我再次感受到了爱的美好，原来在爱面前我依然有勇气，继续相信爱情。他的出现，让我继续期待爱情。

在巴黎恋爱是什么样子？

巴士底公寓对面有一家叫作 "Victoria Antiquités" 的古董店，我几乎每天都能在店里淘到些小玩意：茶杯、闹钟、花瓶、托盘……逛古董店的乐趣在于发现，第一眼望过去破破烂烂的老物件在店里杂乱无章地堆成小山，但静下心来慢慢寻找，会看到太多差点儿从眼前溜走的好东西。所以，即使每天逛同一家店，也会有惊喜。

那天的天气并不太好，一大早我便被窗外的小雨敲醒，到处冷冰冰的，反倒让人在房间里待不住，吃过早饭后我又钻进古董店，打算在这里猫一上午。

一只湖蓝镏金的陶瓷戒指盒锁住了我，盒子背面写着 "Limoges France"，Limoges（利摩日）曾经是法国的景德镇，19世纪出品的瓷器曾风靡一时。此时，这只不知年代、不知主人、不知装过何种宝物的盒子辗转到了我的手中，像是冥冥中安排的一种缘分。

　　为了不让漂亮的戒指盒空着，我决定再去淘一枚古董戒指。

　　去往巴黎圣旺古董市场（Le marché aux Puces de Paris Saint -
Ouen）的路上雨停了，天虽然没有放晴，但退去了不少寒意，雨后潮湿
的空气润润的，十分舒适。

　　位于巴黎北部市郊的圣旺古董市场是巴黎最有名的二手市场，也是
世界上规模最大的古董市场。之前已经在迷宫一样的市场逛了两天，被老
唱片、旧画册、旧家具、古董首饰和复古礼服包围着，我仿佛轮回到令人
振奋的"黄金年代"，甚至幻觉生活在"维多利亚时期"，不愿自拔。但
是今天，我揣着空荡荡的戒指盒，一心想要给它找个旧时伴侣。

　　转了许久，依然没有遇见心仪的戒指，不是太过华丽就是尺寸过
大，毕竟欧洲人的手指要比亚洲人粗一些。路边摊的一个木头盒子里
满满地装了各式各样的古董首饰，我拨开二战小军章、银镶玉的化妆
镜，捡走漆绘首饰盒、陶瓷鼻烟壶，突然一枚铜戒闯进眼帘，典型维多
利亚晚期的雕花纹理，马蹄掌型的戒面上镶嵌尼泊尔贝壳，高贵却不
浮夸，我顺手试戴在食指上，竟然刚刚好。我把戒指拿在手上仔细端
详，透过指环，突然看到一张中国人的脸，四目相对，他看看我手中
的戒指又打量了我，然后赞许地微笑着点点头，似乎在说，戒指很适
合你。

我想多跟摊主了解一些关于这枚戒指的故事，可惜摊主不会英文。这时候，身边偶遇的中国先生竟然用一口流利的法语跟摊主解释起我的要求。

听完摊主一串天书似的法语后，他转头对我说："她说她也不太清楚，反正是老物件，但并不值钱。"带着浓浓港台腔的普通话。

"喜欢就买了吧。"中国先生继续说，"你戴上很好看，应该是找对人了。"

他叫Bruce，在巴黎生活了二十年的中国香港人，法餐厨师，现在在香港开了一家自己的小餐厅；他个子很高，修剪有型的小胡子把脸庞勾勒得棱角分明，侧脸看线条有欧洲人的刚毅，正面却露出温暖的笑容。四十岁上下的他有一种中年男人的成熟魅力，让我想起了《一帘幽梦》里的费云帆。

"一个人来巴黎玩吗？"Bruce问。

我点点头。

"要不要去看看半个法国人眼中的巴黎？"他真诚地冲我微笑。

"来到巴黎怎么能不恋爱呢？"我突然想起Emily的话，难道这就是巴黎为我安排的恋人吗?

他突然提议: "让我做一天你的巴黎恋人吧!"既不强求也不戏谑,这句话讲得坦坦荡荡,也算是另一种法国浪漫。

"谈一天的恋爱,就在巴黎。"

看着套在我手指上的古董戒指,就像我在指环中看见他的脸一般,虽然偶然但却刚刚好。

于是,我虽然心中忐忑,但还是迈着好奇的步子跟上他。

Bruce在前面叫我: "跟我走吧!让我带你看看不一样的巴黎,我的巴黎。"他冲我眨眨眼睛,略带神秘又有点儿霸道。

这突如其来的陌生而神奇的魅力让我没有理由地信服和跟随。

也许一个人的生活已经太久,无论是在北京还是在巴黎,我无暇关照这匆匆做出的决定是出于什么原因,寂寞也好,释放也罢,Emily已经给了我最好的借口,在世界最浪漫的城市恋爱,不再犹豫。

出乎意料的是Bruce竟然把我带回了巴士底区。

"小同学，巴黎人早上的第一件事是逛市场，不是逛古董市场哦。"他开始进入导游角色，"嗯，还有一个小时，补上这个迟到的早市吧。"他抬手看看表。

"今天不是周四也不是周日，没有市集呀？"在这里住了十天的我也不甘示弱。

"Marché Bastille今天没有，但这个marché（市场）却是每天都有。"

他把我带到离巴士底广场不远的一条小街上，虽然这里距离我之前住的公寓只隔了两条街，但我却不知道这里还隐藏着一个每天都开放的市集，而且满街都是当地的巴黎人在购物，相当热闹。

"我十岁刚到巴黎的时候就和外婆住在这里，外婆很凶的，每天早晨催我起床到市集来买菜。"他顺手指向市集旁边一栋乳白色灰屋顶的公寓楼。"你看左边第一家摊贩，30年前他就在这里，竟然一点儿都没有变，不过当年的小伙子现在已经是大胡子叔叔了；右边第二家这个很大声不停叫卖的老头，他吆喝的话和30年前一模一样，只是声音没有那么洪亮了；你再看这条街最后那一家，总是把番茄挂起来像灯笼似的，从来没变……"

听着他的描述，我仿佛看见在法国人堆里，一个瘦弱的中国男孩拎着装满食物的篮子，吃力地往家走，外婆站在窗边冲着他微笑。

市集上很拥挤，Bruce怕我走丢，顺势牵起我的手。我有些意外但并没有挣脱，他温暖的大手让我有了一种久违的心动。

从市集出来，我们去了一家不远的小餐馆。

"在巴黎其实也有好海鲜。这里以前是个海鲜水产店，现在老板把这里改成了餐厅。不过……"他有点儿顽皮又有点儿羞涩地对我笑着说，"我也没在这里吃过，根据本大厨多年经验，海鲜店的一定很新鲜。一起试一下？"

我没有告诉他，我到底是做什么的。

好吧，就先在他面前装装傻。

Bruce点了一个海鲜拼盘、一份马赛鱼汤，搭配了一款白葡萄酒。

生蚝、鳌虾和扇贝都鲜美无比，他告诉我其实吃法国生蚝用葡萄醋代替柠檬汁也很棒。果然，离开了柠檬的香气，生蚝本身的海洋味道更加突出，这支夏布利（Chablis）才是它的绝配。

马赛鱼汤是法国料理中的经典之一，也是普罗旺斯美食的代表作，

我在微醺中见到梦幻似的风景

因做法以地中海沿岸马赛当地为准而得名。

"我记得Julia Child在《我的法兰西岁月》中有一章专门写她当年寻求马赛鱼汤最佳菜谱的经历。在她看来马赛鱼汤的香气来自两种东西：普罗旺斯式的汤底和各种不同的鱼肉。"一不小心，我还是暴露了职业习惯。

"你竟然读过Julia Child！"他有些意外，"没错的，你仔细品一下这汤，里面有大蒜、洋葱、番茄、橄榄油、茴香、藏红花、百里香、香叶，还有些干橘子皮。你再看看汤里的各种鱼肉，不含油脂的、肉质坚实的、肉质软嫩的、带胶质的，还有贝类，复杂得很。别看这一小碗汤，这可代表了法餐烹饪的最高境界呢。"

的确，端到我面前的这一碗热腾腾的马赛鱼汤，完全符合我对书中描写的想象，再加上Bruce的专业讲解，味道比想象的更加饱满，鱼汤香味扑鼻、细腻浓郁，搭配烤面包片，真是心满意足的一餐。

午后时分，集聚的云层已渐渐散去，阳光如金丝般垂下，微暖时光，一丝风也没有。

Bruce依旧牵着我的手在塞纳河畔散步。没有太多的言语，他也没有像最初那样导游般的侃侃而谈，而是两个人就这样闲闲地逛过左岸的旧书摊，他翻看老食谱，我寻找旧CD，走累了就找个咖啡馆坐下喝咖啡，聊聊天，像在巴黎的任何一对情侣一样。

不知不觉，一路走到了蓬皮杜艺术中心的广场。

"我舅舅的中餐馆当年就开在这里。"Bruce用手指向广场旁边的那条街，"以前放学了，我都会到舅舅的餐馆帮忙，不忙的时候就会去蓬皮杜中心的公共区域玩电脑，一晃二十七八年过去了，现在看蓬皮杜的设计依然好前卫。我是不是有点儿老？"他突然问我。

"Wow！"我惊叹地不去回复他的玩笑，转移话题，"我们这些在国内上学的孩子放学不是去补习班就是回家写作业，那时候巴黎都只是传说，更别说蓬皮杜了。"

"我带你去看一个别人不知道的好玩东西。"老顽童似乎很受用，看了下时间，很兴奋地说。他把我带到蓬皮杜中心旁边的一栋高级公寓楼下，公寓门口悬挂着一座铜钟。

我疑惑地看着他。

"以前舅舅家住在楼上，我曾经在他家借宿过一年呢。" 他神秘地冲我笑笑，"还有两分钟，稍微再等一下。"

挂钟的指针指向六点，铜钟的齿轮开始转动，叮叮咚咚地响起音乐，表盘下方一只鹦鹉玩偶探出头来，然后一只小熊从钟表外侧的轨道上斜着身子划过，最后一位长着金色翅膀的小仙女从钟的顶端升起来，真是精彩。

"每天只有这个时间，这个钟才会有这一场演出，我小时候每天最盼望的就是等到6点钟，看小仙女的出现。"Bruce目不转睛地望着铜钟上的小仙女，眼神还是小孩子一样纯真。这是独属于他的童年记忆。

我偷瞄着他，从心里笑了出来。

看过薄雾中的夕阳后，我以为是该到说"再见"的时候了，谁知Bruce给我安排了最大惊喜。

不知道他什么时候预订的夜游巴黎，不是巴士，不是普通游船，而是伊丽莎白女王曾经莅临过的高级游轮餐厅——Bateaux Parisiens顶级套餐。

游轮停靠在埃菲尔铁塔旁边的码头上等待着我们。

一进门，身着马甲系领结的服务生便递过welcome drink（迎宾酒），餐厅里飘荡着烤面包的香味，现场演唱的香颂在错落的烛光里摇曳。天色渐渐暗下来，埃菲尔铁塔和老桥在夜晚的灯光中更加迷人。

我有些忐忑地坐下来，环顾四周，餐厅里几乎都是约会的情侣，仿佛这家餐厅就是为爱情准备的。

虽然高品质的西餐我吃过不少，但也许是因为意外邂逅带来的好心情，也许是因为游轮上看到塞纳河畔美不胜收，我吃到了巴黎行程里最难忘的一餐。

头盘是红酒鹅肝苹果泥，主菜选择了牛排和三文鱼，黑松露土豆泥的佐餐浓香扑鼻。Bruce将乳酪拼盘作为间菜，大概是他的最爱。最后服务生端来的甜品是餐厅的创意柿子冰霜。粉红香槟、波尔多红酒和甜白虽没有惊喜，却让我在微醺中见到梦幻似的风景。

坐在隔壁桌的比利时夫妻为庆祝结婚十周年，特意上船"奢侈"一把。听着我和Bruce的闲聊，两人竟好奇地凑了过来，问我们怎么会对法国料理和葡萄酒这么熟悉。当我认真地说出自己的职业时，连Bruce也大吃了一惊。我装作不去理会他的惊讶，与这对夫妻聊起了我们的相遇："在巴黎市集偶遇，做一天的恋人。"

妻子夸张地赞叹，然后又惋惜地说："一天未免太短了吧？难得你们如此默契。"

丈夫却十分达观："说不定今天只是个开始。也许十年后你俩也会像我们一样，再次登船庆祝周年呢。"

你最珍贵　My Precious

十

250

　　十年，对我们来说那真是一段有些漫长的时间。我和Bruce会心地相视一笑，喝下杯中酒。

　　当整点的巴黎铁塔上的灯光闪耀如烟花般时，从塔顶投射出来的一道银色光束仿佛要将整个巴黎都穿透。

　　我知道，一天的巴黎恋爱即将结束。

　　不是没有幻想过与他浪漫缠绵的情景，心里那份依依不舍早已随着酒精的发酵蔓延到全身，甚至有些异想天开地希望游轮上夫妻的祝福能够成真。但当我看他有如巴黎夜色一般迷离惘然的眼睛时，我原本在微醺中疯狂颤抖的心逐渐平复下来，我听见自己的呼吸也不再急促狂热。

　　是的，我们只是一天的巴黎恋人，即使瞬间的灯火再闪亮，我也已无法抱住你。

　　我往后退了一步，伸出手。最初他有些疑惑，眼神里闪烁着询问。我微笑地站着不动，向他点点头。

　　一定是吹醒我的夜风也让他恢复了理智。

　　Bruce张开双臂与我友好地拥抱，礼貌如同初见的朋友，其实我们认识还没有超过24小时。临别的吻印在我的额头，他没看到我微微垂下的有些湿也有些红的眼睛。

这城市的夜晚那么迷人，我真舍不得与他挥手说"再见"，但我不得不与他挥手说"再见"。你是我的一场巴黎好梦，整点的钟声已经敲醒了酣睡的我们，敲醒了正在睡去的城市中陌生的我们。

那句"再见"徘徊在我的嘴边始终没有说出口，我与Bruce保持了一人的距离，巴黎铁塔的光影那么恰好地投射在其间，像是我与他原本早已设定好的距离，看似近在咫尺，实际却隔山隔海。

夜色渐浓，昏黄的路灯也开始变得微弱。"谢谢。"我说。

他没有说话，站在原地，沉默得像是只剩下了轮廓。

那一刻，我知道无论身在何处，我终会遇见我的爱情，哪怕短暂，哪怕偶然。

转身，是为了下一次更好的相遇，我并不急于知道是在什么时候才会再次遇见。

这样想着，已经离开的自己脚步也轻快起来，路灯下若有若无的影子陪着我，走向未知的前程。

最好的

开始

走在塞纳河畔我终于明白，跑了这么远，遇见了这么多人，经历了这么多事情，原来我们每个人最好的结局就是——各得其所，而对我来说，最好的是我已学会与自己好好相处。

清晨，迷迷糊糊睁开眼睛，身上还带着昨夜的酒气。

走到窗边，推开窗，清冷新鲜的空气扑面而来，踮起脚远眺，依然看得到圣母院、塞纳河，还有河面上游走的玻璃船……没错，我还在巴黎。

昨天的邂逅，原来是我的好梦一场。但此刻想起来，所有梦中的细节脉络都清晰可见，我记得自己瞬间萌生的心动，记得陌生人自手心传递给我的温度，记得夜色中巴黎如梦似幻的妖娆，当然也记得我站在埃菲尔铁塔下清醒的告别。

如若没有最后那一刻的冷静，此时的我不知要面临怎样的尴尬。既然是一场好梦就应该保有那份神秘和美好吧。

今天是我在巴黎的最后一天，我决定做一天的观光客。

出门直接去圣母院门口乘坐环城的旅游巴士，坐在阳光普照的顶层看巴黎。

眼前的景色随着巴士的前行一直变幻不断，巴黎的天空、塞纳河的流波、映照着景色的窗棂和老桥的浪漫……一切的一切都已经目知眼见，这是我熟悉的城市，这是我即将要离开的城市。坐在巴士上，我不再看景，而是被街道上与我擦身而过的每一个人所吸引。

左岸书摊旁抽着烟斗的老爷爷正全神贯注地翻看旧书，烟斗中的烟雾轻袅袅地往上升腾起来。

马克西姆餐厅里的老妇人衣着考究，一边优雅地喝着洋葱汤一边谈笑风生，这可爱的巴黎女人。

俄罗斯贵妇站在爱马仕门口拎着七八个袋子等出租车，大概是发现了我在看她，她兴高采烈地对我微笑，然后有点儿无奈地朝我晃晃手中快拎不住的货品，我觉得她是在炫耀，但看得出那愉快是真金白银的。

蓬皮杜文化艺术中心广场上顶着寒风卖艺的美少年吸引了不少的观光客驻足，而站在巴黎歌剧院门口演奏的大学生交响乐队像是在为每个路人的脚步伴奏。

巴黎，果然是海明威笔下的"流动的盛宴"。

最后，旅游大巴停在老佛爷百货门口，游客们匆匆地下车购物，同样匆忙的还有夹着公文包排队等待进入市政府开会的公务员。

原来每个人都有各自的世界，而每个人眼里的世界又那么不同。大家各自忙碌，各自寻找快乐，从未停下脚步。

　　百货橱窗里琳琅满目的货品令人目眩神迷，我却在玻璃的反光中看到了自己。离婚前太多个失眠的夜晚躲在家里的阳台上哭泣，那时的我迷茫无助，满心疑惑。逃避到上海坐在"古董花园"的角落，一本*Eat Pray Love*让我看到了生活也许可以换一种方式继续，我问自己需要的究竟是什么。米其林三星成就的不只是一家著名的西餐厅，也成就了现在的我，工作带来的安全感化成了更多的勇气和理解。终于，我站在山峰一飞冲天，滑翔伞上飞向未知的我也要为自己大力地鼓掌。

　　是的，我做到了。我不再畏惧不再退缩，我已清楚地明白所有的勇气都握在自己的手中。我真的并非不快乐，真的并非不快乐。原来，我依然渴望爱情，依然会爱上别人。

　　橱窗倒影里，我对自己微笑，我看到的是一张自信、美丽的脸孔。

　　黄昏时分，我来到连接城岛的阿葛尔桥，站在桥旁眺望整座巴黎。

　　跑了这么远，遇见了这么多人，经历了这么多事情，此刻，无论远方的亲人朋友还是南半球的Julian，他们应该都在自己的世界里安好吧。

　　而我，也已经学会了如何与自己好好相处。

　　一路走来，终于明白，其实陪着我的一直是那个了不起的自己。

原来这个故事最好的结局就是——各得其所。

此时，阿葛尔桥上两个老人开始演奏《玫瑰人生》，悠扬的小提琴撩拨着巴黎的傍晚，我驻足倾听，一曲结束，我微笑着向两位乐手致谢："Merci, Au Revoir.（谢谢，再见。）"

当这一场旅行结束，下一段全新的人生即将起航。

后记

一杯咖啡，
陪你一段时光

喝咖啡之于我，从速溶的青春期开始。甜涩比例不均，味道却清亮得如同17岁的夏天，精气神十足。

二十几岁学着用法压壶泡煮，力图保持咖啡的原味，但其实方法略显粗糙。那时候总是这样，有时清醒，有时迷茫，大多时候跌跌撞撞。

结婚后常用的是美式插电滴漏壶，高效便捷，喝起来却寡淡无味，原来好评最多也未必真的幸运。

换成了胶囊咖啡机是在恢复单身后。胶囊咖啡机的造型时尚华丽，只需将胶囊扔进机器，一分钟的工夫就能做出堪比咖啡馆品质的香浓咖啡，既有品位又方便快捷。

爱上手煮咖啡是因为我从巴黎带了一把摩卡壶回来。

在欧洲，家家几乎都用传统的摩卡壶煮咖啡。起初，我嫌它麻烦又矫情，现在却喜欢上了这一步一步的庄严有序，煮咖啡也仿佛一场神圣的仪式。

清早起床，睡眼惺忪地晃到厨房。第一件事情是伸手去拿咖啡罐，打开罐子，咖啡的香浓扑面而来，把你从梦中唤醒。咖啡豆颗颗饱满，诱人的外表下是未经打磨的原始香味，常常让人感叹，从原豆到一杯诱人的咖啡真是经历了一场脱胎换骨的改变。

舀两勺咖啡豆倒入手摇磨豆机里，转动摇臂，随着齿轮的摩擦发出"吱吱呀呀"的声音，咖啡豆的原本形态开始消融，碾轧粉碎，彻底摧毁，仿佛是将曾经美好的幻象亲手捏碎。

十几分钟后，两勺咖啡豆变成一小盒质地细腻的粉末，散发出黑巧克力混杂着淡淡橘皮的清香，浓厚而富有层次，这便是我曾经散落一地的幸福，需要重新整理再组合。

取下摩卡壶，在壶底部注入清水。比起纯净水来，我更偏爱山泉水，自带一股天然原始而纯粹的力量。然后将滤笼插进壶身，垫上一张过滤纸，再将研磨好的咖啡粉盛进去，一定要尽量压实。最后，把上下壶身扣合，拧紧，上灶，开火。

　　在燃气灶上开明火煮，会使咖啡增加一些踏实的烟火气。看着咖啡壶外壁上凝结的小水珠随着温度的升高一滴一滴地消失，泉水在壶底的烈火之上酝酿翻滚，终于达到沸点，直冲向咖啡滤笼与咖啡粉充分相融，涅槃般喷发到壶的顶部，随着壶顶突突突地冒出白烟，这一壶咖啡终于大功告成。

　　关火下灶，倒入杯中，咖啡浓醇飘香，散发出成熟的味道。

　　我并不喜欢黑咖啡太过浓烈的味道，仿佛纯粹是为了提神打上的一注鸡血。我会在咖啡中加入半杯热牛奶去中和咖啡刚硬的劲道，还能保护到我脆弱的肠胃。浓郁的奶香不仅是最佳配料，更仿佛饱含着家人和朋友满满的关爱。

　　最后，在咖啡中再掷入一两块方糖，体积虽小，却能够迅速提升甜度和幸福感。这不正如某段时光中突如其来的一场旅行，短暂却意味深长。

　　我愈加喜爱这工序繁复、层层蜕变直至升华的过程。我们都需要有勇气穿越迷幻的外表，诚实面对自己的内心。层层剥离，步步前行，不疾不徐，直到遇见真正的那个自己。

　　端起咖啡，缓缓入口，迎着阳光，新的一天，早安！

我们都需要有勇气穿越迷幻的外表，

诚实面对自己的内心

你最珍贵

演唱者 —— 张萱

作　词 —— 张萱

作　曲 —— 张萱

亲爱的　最近好吗
这里是晴天（你）那里呢
被时间稀释的幸福
是抓住还是放手
有答案吗

喜欢的事情 还坚持吗
自由路上 风景怎样呢
被遗憾冲淡的味道
依旧执着想念
顺其自然吧
再勇敢一点
wuuuu～～再坚定一点

黑白红绿黄
酸甜苦辣香
独一无二的领悟
潮起潮落的归属
除了自己（有）谁能代替

喜怒哀乐伤
酸甜苦辣香

阳光怀抱着阴影
脚步不停旅程里
珍贵是你（我）最珍贵的自己

一个人 会害怕吗
失去的方向（它）回来了吗
被快乐遗忘的角落
偶尔像灿烂烟火
燃烧着

惦记的他 有联系吗
是停是继续 结局怎样呢
被诚实记起的脆弱
依旧执着感受
顺其自然吧
再勇敢一点
wuuuu～～再坚定一点

黑白红绿黄
酸甜苦辣香
独一无二的领悟
潮起潮落的归属

除了自己（有）谁能代替

喜怒哀乐伤
酸甜苦辣香
阳光怀抱着阴影
脚步不停旅程里
珍贵是你（我）最珍贵的自己

珍贵的自己

▶▶《你最珍贵》同名主题曲

▶▶《只是想要和一人终老》背景歌曲
Jimi and Lucy （词曲&演唱 梁晓雪）

▶▶《我走遍世界，却再也回不到你身边》背景歌曲
I Wish You Come Before I am Getting Old （词曲&演唱 梁晓雪）